まぐわい指南

睦月影郎

大洋時代文庫

目次

第一章 まぐわい平左

一

「あはは、平左《へいざ》。どうした、かかってこい」

「い、いいえ、参りましてございます……」

主君、行正《ゆきまさ》に言われ、平左は袋竹刀を置いて平伏した。

「お前、わざと負けているのではないだろうな」

「滅相も。殿の太刀筋が、あまりに威風を放つゆえ敵《かな》いませぬ」

「そうか。ならば今日はやめじゃ。明日また頼むぞ。下がって良い」

行正は満足げに言い、老女の藤乃《ふじの》に汗を拭いてもらいながら湯殿へと下がっていった。

その姿が見えなくなるまで平伏していた平左は、ようやく立ち上がり、打ち据えられた肩をさすりながら自分の部屋に戻ろうとした。

すると、行正の世話を他の女中に頼んだか、藤乃が再び顔を見せた。

「平左殿、ご家老がお呼びですので、半刻（一時間）後にお越しを」

「承知いたしました」

老女といっても、まだ三十代前半。優しく厳しい藤乃の美しい顔を瞼に焼き付けた平左は、急いで部屋に戻って稽古着を脱ぎ、裏の井戸端で水を浴びた。

吉野《よしの》平左は十六歳になったばかり。

ここは稲川藩、四ツ谷にある江戸屋敷だった。平左は江戸家老、吉野新兵衛《しんべえ》の次男である。幼い頃から、同い年である若殿の遊び相手に選ばれ、ともに学び、剣術や遊びもいつも一緒だった。

行正は、先年大病を患《わずら》って臥《ふ》せっていたが、それが数年ぶりにめざましい回復をし、剣術の稽古にも復帰して一年になる。平左は、行正が元気になったことが嬉しく、子供の頃に戻ったように日々楽しく接していた。

（しかし、なぜ殿は私のように声変わりをせず、いつも澄み切った声をしているのだろう。それに稽古中でも、ふとした拍子に甘い匂いが漂うことがある……）

まあ、長患いで成長が遅れたか、あるいは良い育ちのものは、通常の男子とは作りが違うのだろうと思った。

（殿も、私のように手すさびをするのだろうか……）

平左は思った。年中一緒にいて顔を合わせていても、そうした話題など出せるわけもない。行正の方から問うてくるならまだしも、常に藤乃がいるから、まず男同士の会話などはできないのだった。

平左は、夜ごとに手すさびをするようになって半年になる。思うのは、藩邸内にいる女中や人の妻などだが、中でも一番妄想の中に頻出するのは、やはり一番多く顔を合わせる藤乃だった。

（あんなことがあったな……）

平左は、身体を流しながら思い出した。

あれは五、六年前だったか、行正が大病で臥せる少し前のこと、彼が先代の大切にしていた松の枝を試し斬りで斬ってしまったことがあった。その時は藤乃が美しい眉を吊り上げて怒った。

「平左殿。尻を出して、そこに寝なさい」

きつい目で言われて、平左は言われたとおり、袴《はかま》を脱ぎ下帯を解き、裾《すそ》をからげて尻を丸出しにした。そして庭にうつ伏せになると、藤乃がササラになった竹の棒で、何度となく平左の尻を打ち据えたのである。

「よい、わかった。藤乃。平左を叩くな。枝を斬ったのは余だ」

「いいえ、ともに遊んでいた平左殿の責任です」

主君を叩くわけにいかない藤乃は、御相手を務める平左を叩いて、行正を諌《いさ》めていたのである。

普通ならば、なぜ自分が不始末をしたわけではないのに叩かれるのか、理不尽ではないかと思うところだが、そのときの平左は、妖しく甘美な快感を覚えたのである。たおやかで美しい藤乃に容赦なく尻を叩かれる、それは何とも言えない興奮を彼にもたらした。

いや、これが無骨な男に叩かれたのであったなら、このような快感は得られなかったに違いない。とにかく平左にとって、人知れず初めて勃起したのがその時であった。

だから今も、その時の興奮を思い出して手すさびすることがある。

それほど平左にとって藤乃は、激しく胸をときめかせてくれる、艶《なま》めかしい母か姉のようなものだった。

（いや、いけないいけない……）

あまり追憶に耽《ひた》っていると、激しく勃起してきそうだった。

平左は気を鎮め、身体を拭いて着替えた。そして約束の刻限に、家老である父、新兵衛の部屋を訪ねた。

「失礼いたします」

「おう、来たか。入れ」

父が言い、部屋に入った平左は襖を閉めてにじり寄ると、そこには藤乃もいた。

部屋にいるのは、平左を含めてその三人きり。

そこで平左は、アッと驚く話を、二つ聞かされることになる。

「大切な話じゃ。もっと近う」

「はい。何でございましょう」

「ここでの話は他言無用、良いな」

「はい。承知いたしました」

答えながら平左は、不安と緊張を覚えた。

なぜ兄の新之介《しんのすけ》ではなく、次男の自分に秘密の話をするのだろう。新之介は家老職を継ぐため様々な学問に余念がなく、確かに忙しいのだが、武芸も学問も平凡な自分に、何ができるのだろうかと心配になったのである。

「若殿の御相手を務めて何年になる」

「はい、物心ついてからずっとですから十年あまり。大病からご回復に相成ってからは、丸一年にございます」

それぐらい知っているだろうに、と思いながら平左は重々しく答えた。

「うん。その、大病のあとであるが、この一年、何か変わったことに気づかぬか」

「さて、皆目……。お元気になられたのを、ただ喜んでおりましたが、剣術のお稽古で、ご無理をさせてしまいましたでしょうか」

「いや、殿のお体に関しては、今は全く大事はない」

「それは良うございました」

「では、順序立てて話そう」

新兵衛が、唇を湿らせて言った。最初からそうしてくれと言いたいところだが、とにかく平左はじっと聞くことにした。

「大殿の喪《も》も明け、先般、行正様が正式な藩主と相成ったことは知っておるな」

「はい」

「そしてこのたび、さる旗本のご息女を娶《めと》ることとなり、お上《かみ》の許しも得た」

「それは、おめでたいことでございます」

十六でも、主君ともなれば決して早くはないだろう。

「されば、その上で困ったことがある。では、当藩の大きな秘密をそなたに打ち明けるが心して聞けよ」

「は、はい……」

平左は、思わずごくりと生唾を飲んだ。

「実は、行正様は男子にあらず、おなごである」

「は……？　そ、それはいかなる……」

平左は、何を言われたのか分からなかった。

「むろん、行正様は男子だった。だが、先年の大病であえなくお亡くなりになられた。今の行正様は、双子の姉の雪姫《ゆきひめ》様なのだ」

「え……？」

平左は、混乱した頭の中を整理してみた。冗談でないことは、悲痛な面持ちで端座している藤乃の様子を見ても分かる。

どうやら行正は、男女の双子で生まれたらしいのだ。当然男子が跡継ぎとなり、女子の方は家臣の養女となって育てられていた。しかし行正は、家臣さえ知らぬ間に病死。そこで急遽、顔かたちが瓜二つである双子の姉、雪姫が行正の扮装をし、この一年間を過ごしてきたというのだった。

そういえば、剣術の稽古でも甘ったるい匂いがしていたし、声変わりもせず、仕草もずいぶん物柔らかだったと思い当たった。

そのような大事件を、この江戸藩邸内部で、しかも主君と家老、老女の僅かな人数で隠し通してきたのである。もちろん、そうしなければ跡継ぎが不在になり、藩が取りつぶしになる可能性もあったのだから仕方がない。

しかし、平左の驚きを、さらに超える命令が下されたのである。

「こたびの縁談は、将軍家からの推挙。断わるわけにはいかぬ」

「で、でも、女同士では……」

「左様。子は産まれぬ。だが、少しでも早く男子を産まねばならぬ。産まれれば、病弱という理由で行正様に隠居をさせ、赤子を次の主君とすれば万事ことなきを得る。要はそれまでの間、秘密が守られれば良いのだ」

「では、どのように姫様にお子を」

「そなたが、閨の暗闇の中にて、行正様こと雪姫様に成り代わり、奥方に子種を仕込むのじゃ」

「うわ……！」

平左は、腰を抜かさんばかりに驚いた。確かに、行正と平左は体つきも似ているが、その行正が女と知った今は、とても代わりはできないのではないだろうか。

「そ、そのような大役、私に……。だいいち私はまだ……」

「ああ、そなたが無垢ということぐらい知っている。だが、新之介に申しつけるわけにはいかぬ。あれは堅物だ」

父に言われ、では自分は軟物と思われていたのだろうかと気が滅入った。確かに手すさびの回数が多いことは気にしていたが、そんなことまで父が知っていたとは、とても思えない。

「とにかく、あとのことは藤乃に聞け。よいな。藩のためだ」

父、新兵衛はそう言い、奥へ引っ込んでしまった。

「では、こちらへ」

藤乃が立ち上がり、平左はまだ混乱しながらも彼女に従っていった。

二

「ここへは誰も来ませぬ。どうか心おきなく」

藤乃が、平左を自分の寝所に招いて言った。そして彼女はためらいなく、くるくると帯を解いて着物を脱ぎはじめたではないか。

「平左殿も、お脱ぎくださいませ。全部」

「は、はい……」

驚愕の話を続けざまにされ、そのうえ全裸になれと言う。どうやら、ここで男女の営みを教授されるのだということだけは察することができたが、まだ興奮するよりも、実感が湧いてこなかった。

しかし衣擦れの音を聞き、ふんわりと漂う甘い匂いを感じながら、見る見る憧れの藤乃が肌を露わにしていくと、我知らず平左自身も硬く突き立ちはじめていた。

「手すさびで精汁を放つことは、もうご存じですか」

藤乃が、襦袢まで脱ぎ、白く豊かな乳房を露出させて言う。

「はい……。ここ一年ばかり……」

「回数は」

「日に、必ず二度か三度です」

「それは頼もしい。ご家老のお見立ても正しかったようです」

言いながら、藤乃はとうとう腰巻きまで取り去って全裸になってしまった。そして敷かれた床に横たわった。

観察する暇もなく、平左は震える指で下帯を解き、何とか藤乃と同じ一糸まとわぬ姿になった。激しく勃起した肉棒を見られるのが恥ずかしく、両手で股間を隠して立ち尽くしていた。

「さあ、こちらへ」

言われて、平左は素直に添い寝した。甘い匂いと温もりが彼を包み込み、さらに藤乃が肌を密着させてきた。

「私が、怖いですか」

「いえ……」

緊張と興奮に、それ以上の言葉が出てこない。すると、藤乃が優しく腕枕してくれ、豊かな乳房を彼の頬に押し当てながら、さらにそっと手を伸ばして、やんわりと強ばりを握ってきた。

「あ……!」

柔らかく温かな手のひらに包まれ、平左は今にも暴発してしまいそうに高まった。

「これを、女の陰戸《ほと》に差し入れ、中で精汁を放つと子が宿るという仕組みはご存じですね?」

「は、はい……」

「しかし、ただいきなり入れてはいけません。入れるのは最後。その前に、いろいろと気持ち良くしてあげなくてはなりません。そうすれば陰戸が熱く濡れて入れやすくなり、男も女も、双方ともことのほか心地よくなれるのです」

藤乃の囁きが、湿り気を含んで甘く彼の鼻腔を刺激していた。吐息ばかりではない。頬に密着している柔肌や、色っぽい腋毛の煙る腋の下の方からも甘ったるい芳香が生ぬるくユラユラと漂ってきていた。

「あ……、しかし、今にも……」

硬度や大きさを探られるようにいじられ、平左は絶頂を迫らせながら喘いだ。もちろん人に触れられるなど初めてのことだ。しかも相手は憧れの美女、それに自分の指と違い予想もつかない動きが堪《たま》らなかった。

「出そうですか？　続けてできるのなら先に一度出して、落ち着いたのち念入りに教授を致しますが」

「はい、続けてできます……」

平左は答えた。手すさびでさえ連続して射精することがあるのだ。まして美しい藤乃がしてくれるのなら、何度でもできるだろう。

「左様ですか。ならば口にて、して差し上げます。なれど、これは異例中の異例。決して奥方様に求めてはいけませんよ。私は、そなたに病などなく健康かどうか、味を見てそれを調べるために行なうのです」

藤乃は言い、やんわりと彼の顔を胸から引き離し、身を起こした。

（口で……？）

平左は、混乱の中で思った。そうした行為を、遊女の中にはしてくれるものがいると聞いたことがあるが、れっきとした武家である藤乃が、いかに主君の側近として重要な位置にあり、諸々の勤務をしなければならぬとはいえ彼は驚きが隠せなかった。

そして平左の心の準備も整わぬうち、彼の股間に熱い息がかかった。

再び、そっと幹に指が添えられ、先端にぬらりとした柔らかなものが触れてきた。

「う……」

それが舌だと分かった瞬間、平左は息を詰めて呻き、暴発を堪えた。

「どうか我慢せず、構わずにお出しなさい。肝心のことは、その後ですので」

藤乃が股間から囁き、指先で幹の付け根から内腿、ふぐりまでいじりながら再び亀頭を舐め回した。さらに彼女は丸く開いた口で、すっぽりと喉の奥まで呑み込んできたのである。

「ああ……」

平左は、この上ない快感に喘いだ。

藤乃は根元をキュッと口で締め付け、熱い息で彼の恥毛をくすぐりながら、内部ではぬらぬらと舌をからめてくるのだ。たちまち肉棒全体は憧れの美女の温かな唾液にまみれ、平左はまるで身体中が藤乃の甘い匂いのする口に含まれ、舌で転がされているような気分になった。

藤乃は顔全体を小刻みに上下させ、すぽすぽと軽やかな摩擦運動を行なってきた。

「い、いけません。アアッ……!」

たちまち平左は口走り、宙に舞うような大きな快感に包み込まれてしまった。

手すさびの何十倍の心地よさであろうか。彼は身をよじりながら、熱い大量の精汁を、勢いよくどくんどくんとほとばしらせてしまった。

美女の口の中に出したりして良いものだろうか、という一抹の不安も、激しい絶頂の快感に押し流されていった。

「ンン……」

藤乃は小さく鼻を鳴らし、喉を直撃する噴出を受け止めてくれた。口の動きは止まっているが、一滴もこぼさぬよう唇を引き締めて吸引し、内部では射精を促すように舌が蠢《うごめ》き続けていた。

やがて藤乃は、肉棒を含んだまま口に溜まった分を喉に流し込んだ。喉がごくりと鳴って飲み込まれるたび、口の中がキュッと締まって快感が倍増した。

延々と続くかと思われた噴出もようやく治まり、夢のような快感も徐々に下火になっていった。

最後の一滴まで絞り出すと、藤乃は全て飲み干し、吸引を止めてすぽんと口を離した。

そして白濁した雫《しずく》を滲《にじ》ませている鈴口を、丁寧に舌で舐め回してくれた。

自分で手すさびするときは、激情が過ぎ去ったあとに精汁を拭き清めるという空しい作業が残っているのだが、そんな処理の必要もなく、女とは何と有難いものだろうと平左は思った。

しかし、あまりに長く舐められ続けると、

「あうう……、も、もう……」

過敏になっている亀頭がひくひくと震え、平左は降参するように身をよじって言った。

すると藤乃も舌を引っ込め、身を起こして再び添い寝してきた。

「濃かったです。それに大変な量……。もちろん健康にも問題はないようです」

また腕枕してくれながら、藤乃が囁いた。彼女の吐息には、精汁の生臭い成分は含まれず、さっきと同じ甘くかぐわしい匂いがしていた。

その吐息と、腋や胸元から漂う女の匂いに、平左はすぐにもまたむくむくと回復してきそうになった。これほどの美女がしてくれるのなら、何度でも延々と出来そうな気になってくるのである。

「私は側近であることの他に、殿のまぐわい番というお役目を仰せつかっているのです」

「まぐわい番……？」

お庭番というのは聞いたことがあるが、それは初めて聞く役職だった。

おそらく、藩主の跡継ぎが絶えぬよう、閨の番をしながら交接がちゃんと遂行されているか確認する役目なのだろう。あるいは先代や、病に伏せる前の行正の精汁の味見などもしていたのかも知れない。

「そなたにも、今日からは私の手伝いをして頂きます。それには、自分の身体以上に、女の身体を知ることが肝要です」

「はい……」

「では、回復を待つ間、女の扱いをお教えいたしましょう」

藤乃は言い、腕枕した彼の身体を押し上げた。

「まずは、お乳を優しく揉みながら口吸いを」

言われて、平左は豊かな膨らみに手のひらを這わせながら、恐る恐る上から唇を寄せていった。

藤乃は長い睫毛を伏せて半眼になり、熱っぽい眼差しで彼を見上げている。顔にはうっすらと白粉が塗られ、紅の塗られた肉厚の唇が僅かに開いていた。口で行なったあとなので、唇はぬめぬめと妖しく濡れ、間から白く滑《なめ》らかな歯並びが覗いていた。

一度も嫁すことはなく、生涯を主君の側で暮らすと決めた女であるが、義務として眦《まなじり》を吊り上げるようなこともなく、何とも艶《なま》めかしく淑やかな風情で彼の行為を待っているようだった。

そっと唇を重ねると、柔らかな弾力と、ほんのり濡れた密着感が伝わってきた。

平左は豊乳を揉み、かぐわしく温かな美女の吐息を間近に感じながら、激しく回復していくのを自覚した。

三

「舌を入れるのですよ……」

軽く触れ合ったまま藤乃が甘く囁《ささや》き、さらに両手を回してぎゅっと彼の顔を引き寄せてきた。唇同士が強く密着し、平左は舌を伸ばしていった。

清らかな唾液に濡れた唇の内側を舐め、綺麗な歯並びに触れた。

するとと藤乃の前歯も開かれ、迎えるように舌が触れ合ってきた。

口の中は、さらに熱く湿り気があり、何ともかぐわしい芳香が満ちていた。導かれるまま舌を差し入れると、藤乃の舌が遊んでくれるようにちろちろと蠢いた。

しばしからませていると、ちゅっと強く舌が吸われた。

それが離れると、すぐに藤乃の舌もこちらに侵入してきた。同じようにしろというのだろう。

平左も藤乃の舌に吸い付きながら、こりこりと硬くなった乳首を弄《もてあそ》んだ。

「ンン……」

藤乃が悩ましく鼻を鳴らし、うねうねと熟れ肌を悶えさせはじめた。

互いに舌を吸ったり吸われたりし、平左が美女の口や舌の感触、吐息と唾液を心ゆくまで味わうと、ようやく藤乃が口を離した。

「今度は、お乳を吸って……。指は陰戸を探るのです……」

藤乃は囁きながら、彼の顔を胸へと押しやった。

平左は素直に移動し、勃起して色づいた乳首を含み、指でむっちりとした内腿を撫で上げながら、股間の中心部を探った。

乳首を吸うなど何年ぶりだろう。幼い頃の微かな記憶は残っているが、生母が病死して十余年、ろくに顔も覚えていないので、懐かしさよりも、目の前の藤乃への欲望が倍加していった。

まだ手探りなので陰戸《ほと》がどのようになっているか分からないが、柔らかな茂みを掻き分け、真下の割れ目に触れると、何の突起もないのが不思議だった。

それでも指を這わせるうち、割れ目からはみ出した舌のようなものがぬらぬらと熱く潤ってくるのが分かった。

「こちらも……。お乳は、片方を吸ったら、必ずもう片方も……」

藤乃が、喘ぎを堪えるように息を詰めて指示した。

平左はもう片方の乳首にも吸い付き、そっと唇で挟んで舌で転がした。

「そう、上手ですよ……。そのように優しくすると、女は気持ち良くなります……」

藤乃は言いながら、そっと手を伸ばして彼の強ばりに触れた。

「もう大丈夫のようですね。入れる前に、どのようなものか陰戸を見ておきなさい……」

言われて、平左は乳首から口を離し、彼女の股間へと顔を移動させていった。

「私の脚の間へ……」

藤乃が、僅かに両膝を立て、全開にして彼を招いた。

平左はごくりと生唾を飲み、激しく胸を高鳴らせながら腹ばいになり、彼女の両腿の間に顔を進めていった。

色白で滑らかな内腿が左右に開き、股間の丘に柔らかそうな茂みが煙っていた。

中心部の割れ目も肉づきが良く、丸みを帯びている。その間から、薄桃色の花びらがはみ出していた。

すると藤乃が、両の人差し指を花びらに当て、ぐいっと左右に開いて見せてくれた。

「このようになっております。もう少し近くで……」

さらに前進すると、股間全体に籠もった熱気と湿り気が、何とも悩ましい女の匂いを含んで、平左の顔に吹き付けてくるようだった。

陰唇が目いっぱい広げられると、内容が丸見えになった。

中はぬめぬめと潤う柔肉。下の方には、細かな襞の入り組む穴らしきものが息づいていた。肛門は、割れ目のもっと下の方に見えているから、これが陰戸の穴なのだろう。

「ここに男のものを入れるのです……。孕《はら》めば、十月十日のちに、この同じ穴から子を産みます……」

彼の熱い視線と吐息を感じながら、藤乃が小さく言った。

「ゆばりの穴は、どこから……」

「陰戸の穴より少し上、この辺りに……」

藤乃がさすところに目を凝らすと、なるほど、ぽつんとした小さな穴が見えた。これが尿口らしい。

「これは？」

平左は、割れ目の上の方にある、小指の先ほどの包皮の出っ張りを指して訊いた。包皮の下から、つやつやと光沢のある豆が覗いていたのだ。

「あう！　そ、それはオサネです……」

触れた途端、藤乃はびくっと下腹を波打たせ、思わず呻きながら答えた。

「何のためのものです……？」

「わかりません。ただ、そこにあるだけです。しかしいじると、女はことのほか気持ち良くなります。入れる前には、ここをいじると濡れてくるので優しく触れてください」

「こうですか……」

平左は指の腹をオサネに当て、くりくりと軽く動かしてみた。

「アア……、そうです、とっても上手……。さあ、では入れてみてください……」

藤乃が、荒い呼吸を繰り返しながら言った。柔肉は熱を持ったように充血し、潤いもどんどん増しているようだった。

「あの、藤乃様にして頂いたように、私も少しだけ舐めてみたいのですが……」

平左は言った。もちろん充分に回復しているし、むしろ挿入したらすぐに果てて終わってしまいそうだったのだ。彼は少しでも長く、このときめきの時間を味わっていたかったし、舐めてみたい衝動にも駆られていたのである。

「それは、なりません。武士が陰戸を舐めるなど……。こうして、女の股座《またぐら》に顔を入れているだけでも、普通ならあってはならぬことなのですよ……」

藤乃は、息を弾ませて言った。それは本心から拒んでいるのではなく、建て前を言っているに過ぎないだろうことは平左にも察しがついた。何しろ彼も、舐められてあれほど気持ちが良かったのだ。きっと女も同じに違いない。

「ならば、これも今日のみの異例として、どうか一度だけ……」

平左は言い、返事を待たず彼女の中心部に顔を埋め込んでしまった。

「あぁッ……、な、なりません……」

藤乃はびくっと顔をのけぞらせて言い、そのくせ力が抜けたか、彼の顔を突き放そうとはしなかった。

平左も、夢中で顔を押しつけていた。柔らかな茂みに鼻をこすりつけると、隅々に籠もった馥郁《ふくいく》たる匂いが、何とも悩ましく鼻腔を刺激してきた。

これは熟れた女の匂いなのだ。大部分は甘ったるい汗の匂いで、それに残尿や蒸れた体臭などが混じり合い、実にかぐわしく心を揺さぶる匂いになっていた。

平左は犬のように鼻を鳴らして嗅ぎまくり、舌を伸ばして陰唇の内側に這わせてみた。

「あッ……！」

藤乃が声を上げ、滑らかな内腿でむっちりと彼の顔を締め付けてきた。

ねっとりとした淫水は、うっすらとした酸味を含み、舌に触れる柔襞の感触も心地よかった。味も匂いも少しも不快ではなく、平左は次第に激しく割れ目の内側を舐め回しはじめた。

舌先がオサネに触れるたび、

「アアーッ……！」

藤乃が喘ぎ、狂おしく腰をよじった。

淫水の量も格段に増し、舐めても追いつかず肛門の方にまで滴《したた》りそうだった。

平左は雫《しずく》をたどりながら彼女の脚を浮かせ、とうとう可憐な桃色の肛門にまで舌を這わせてしまった。鼻を埋めると、秘めやかで生々しい微香が籠もり、これも激しく彼の心の底を官能的に揺さぶった。

細かに震える襞を舐め、浅くヌルッと舌を潜り込ませると、

「ヒッ……！　な、何をなさいます……！」

藤乃が息を呑み、キュッと肛門を引き締めて拒んだ。

さすがに尻の谷間まで舐められるのは、激しい抵抗があるようだ。あまりに彼女が腰をよじるので仕方なく舌を離し、再び濡れた割れ目内部に戻り、大量の淫水をすすりながらオサネに吸い付いた。

「も、もう堪忍……、後生です、入れて……！」

藤乃が狂おしく身悶えながら言った。

平左の方も、もう限界に達し、二度目の射精をしないではいられなくなっていた。

美女の匂いを心に焼き付けてから顔を離し、平左は勃起した肉棒を構えて股間を前進させていった。

先端を押し当て、大量のぬめりをまつわりつかせるようにこすった。そして位置を定めようとしたが、少し迷った。

「もう少し下……、そう、そこです。来て……」

藤乃も僅かに腰を浮かせて導いてくれ、僅かに腰を押しつけると、張りつめた亀頭がぬるりと潜り込んだ。先端が入ると、あとは実に滑らかに、ぬるぬるっと自然に吸い込まれていくようだった。

何という心地よさだろう。挿入時の摩擦だけでも、平左は危うく漏らしそうになってしまったほどだった。口も気持ち良かったが、さすがに陰戸は男根を迎え入れるためのものだけあり、その感触は身も心もとろけそうな快感をもたらした。

「あう……」

根元まで押し込み、ぴったりと股間同士を密着させると藤乃が声を洩らした。

「奥まで届くようです。これが情交というものですよ。さあ、身体を重ねて……」

藤乃に言われ、平左は抜け落ちないよう股間を押しつけ、注意深く両の脚を伸ばして身を重ねていった。

すると彼女も下から両手を回してしがみつき、汗ばんだ肌が密着した。

豊満な熟れ肌が平左の下で心地よく弾み、胸の下では柔らかな膨らみが押しつぶれた。

深々と入れたまま、まだ動かず、平左は美女の温もりと感触を心ゆくまで味わった。

「さあ動いて。腰を前後に……、アア……」

藤乃が喘ぎながら、待ちきれないように下からずんずんと股間を突き上げてきた。

それに合わせ、平左も腰を前後に突き動かしはじめた。

大量の淫水が摩擦されてクチュクチュと卑猥な音を響かせ、内部の柔襞で肉棒が心地よく刺激された。

次第に平左の腰の動きが止まらなくなり、いつしか股間をぶつけるように激しいものになっていった。

「あうう……、な、何て良い……」

藤乃が熱く甘い息で口走り、彼の背に爪まで立ててきた。

とうとう平左も、勢いをつけて律動するうち摩擦快感に負け、激しい快感の渦に巻き込まれていった。

「く……！」

短く呻き、平左はありったけの精汁を内部に噴出させた。

「アア……、熱い……、もっと出して……、ああーッ……！」

藤乃は声を上ずらせて喘ぎ、自分も気を遣《や》ったように狂おしくガクガクと全身を跳ね上げて悶えた。同時に膣内が、きゅっきゅっと心地よく収縮し、肉棒を奥へ奥へと吸い込むような蠢動《しゅんどう》を繰り返した。

平左は最後の一滴まで絞り尽くし、ようやく動きを止めてぐったりと彼女に体重を預けた。藤乃も力尽きたように、全身の硬直を解いて身を投げ出した。

（とうとう、女を知ったんだ……）

射精が終わっても、平左の感激と興奮は治まらなかった。自分が女を知るのは、まだまだ何年も先、家臣の中から良い縁を見つけ、祝言でも挙げた時と思っていたのだ。

あとは二人の荒い呼吸が入り交じるばかりだ。深々と納まったままの肉棒がぴくんと脈打つと、

「あん……！」

藤乃が声を洩らし、応えるようにきゅっと締め付けてきた。

平左は、生まれて初めて女と一つになった悦びに包まれ、藤乃の甘い息を間近に嗅ぎながら、うっとりと快感の余韻に浸り込むのだった……。

四

「平左。今まで隠していて済まなかったな」

行正が笑みを浮かべて言った。いや、行正に成り代わっている双子の姉、雪姫である。

だが、女と思って見ると、月代《さかやき》を剃り、髷《まげ》を結ったその顔も何やら倒錯的な魅惑が感じられ、今までと同じ見方は出来そうになかった。

「滅相も。何事もお家のためと存じますれば……」

平左は平伏して答えた。

「余も辛いのだ。家臣たちを謀《たばか》り、男のなりと言葉遣いをし、たまには剣術を行ない元気

であるところも見せねばならぬ」

雪姫は、おそらく行正が病に伏せり、いよいよ絶望という頃から男として生きる訓練をさせられ、言葉遣いと物腰などを徹底的に仕込まれたようだった。

それを計画し、実行に移したのは家老である平左の父、新兵衛をはじめ側近の藤乃などほんの一握りのものだけである。大部分の家臣たちは、昨日までの平左がそうであったように、行正が快復したことを素直に喜んでいた。

彼女が女に戻れるのは、近々娶《めと》る正室に男子が産まれて、息災に育つという目処が立ってからだろう。そうなれば、行正は死亡届が出され、彼女も行正から解放されて元の雪姫に戻れるのである。

幕府も、行正が病弱だったことは知っているから、男子が産まれてから急死しても、巧く説明すれば特に疑惑を持たれるようなことはないだろう。

「とにかく、余に成り代わり、間もなく迎える奥に子種を仕込むの儀、よろしく頼むぞ」

行正こと雪姫も、全て知らされているようだった。

「ははッ……」

顔を伏せて答えたものの、平左は大丈夫だろうかと一抹の不安があった。

正室を娶り、日頃奥方と顔を合わせるのは、雪姫なのだ。閨でのみ、平左に入れ替わって気づかれぬものだろうか。もっとも、奥方の前で四六時中平左が主君の振りをするのは不可能である。

まあ、閨は暗いし、正室も恥じらいにずっと目を閉じていよう。まして奥方からあれこれするわけではなく、ただ受け身になり、僅かな囁き以外は言葉も交わさず、黙々と遂行するだけで下がってくれば良いのだ。

ともに入浴するわけではなし、数日に一度、僅かな時間行なうだけで良いのだから、奥方に替え玉と気づかれる可能性は全くない。まして、替え玉に抱かれるなど、奥方にとっては想像の外であろう。

あとは、平左の心の問題だけである。

藩のため、主君のためと教えられて生きてきたのに、その行正はすでに亡く、瓜二つの姉が行正に成り代わっていた。しかも、その奥方に子種を仕込むなど、理屈では忠義とはいえ、ことが気持ち良いだけに、後ろめたさも拭い去れなかった。

平左は、昨日藤乃によって女を知り、今後とも催したときは藤乃を自由にして性戯を磨くよう言いつかっている。さすがに父親は、そんな命令は下しにくいのか、全ては藤乃から言われたことである。

子種を仕込むのは、早々と入れて放てば良いというものではなく、充分に相手も濡れて感じさせねばならぬ、ということで、より多くの技術も要求されるのだった。

今日は、もう夕餉も終え、あとは寝るばかりの時間帯であったから、行正こと雪姫も寝巻き姿だった。そう言えば、胸は微かな膨らみが窺え、寝所にも甘ったるい女の匂いが籠もっていた。

「藤乃、下がっておれ」

いきなり雪姫が言った。

「は、いかがなさいますか……」

藤乃が、平左と女の主君を二人きりにするのを心配して言った。

「余の身代わりとなる平左の身体を見たい」

「そ、それはなりませぬ。迎えた奥方にお子が出来れば、その後に然るべき婿《むこ》を取りますゆえ、それまでは」

「ならぬ。余と平左は一心同体なのだ。迎えた奥に子が出来、万事が済んで雪に戻ったときには、平左を婿にする。それなら良かろう」

「そ、そのようなことを軽々しく……」

藤乃が驚いて窘《たしな》めようとしたが、それ以上に平左も驚いていた。行正こと雪姫が、自分を婿にしようと言い放ったのである。

「藤乃。軽々しく申したのではない。前から考えてのことじゃ。ゆくゆくは、奥と平左の子が次の藩主になるのだぞ。それほど大事な平左なれば、余の婿に何の不足があろう」

「と、とにかく、それらは万事が全て滞りなく達成した折りに、ご家老様とご相談なされませい」

「わかった。その話は別じゃ。今は平左を、男というものを見たいのだ。今しばらく男の振りをする上でも、見ておくのは無駄ではなかろう」

「は、はい。しかし、万一間違いがありましたら……」

「あはは、心配いたすな。奥を迎え、奥と同時に余まで孕むわけにゆかぬだろう。子種を仕込むような真似はせぬ。さあ、藤乃は出て行け。平左、脱げ」

「し、しかし……」

間に入って、平左はおろおろしながら藤乃を見た。

するとふ藤乃は小さく嘆息して立ち上がり、きっと平左を睨み付け、

「最後の一線を越えたら、藩がなくなりますぞ」

念を押してから出ていった。

それを見送ると、雪姫も立ち上がり、帯を解いて寝巻きを脱ぎ捨ててしまった。

「ああ、苦しくて堪らぬ」

雪姫は言い、胸にきっちり巻かれた晒《さらし》を解きはじめた。どうやら彼女は、朝から晩まで胸を締め付け、乳房の膨らみを隠していたようだ。

みるみる女の身体が現われ、雪姫は下帯一枚になった。見目麗しい若殿、その胸は丸い膨らみを二つ持ち、しかして腰巻きではなく下帯を股間に着けている。その異様な艶めかしさは何としたことだろう。

「何をしている。平左も脱げと言うに」

「ははっ」

平左も、もう一度頭を下げてから、手早く袴と着物を脱ぎ、彼女と同じ下帯一枚になった。相手は主君。いくら女に入れ替わっているとはいえ、行正の姉、現在の稲川藩の藩主には違いないのだ。そんな緊張の中なのに、平左は否応なく勃起してしまっていた。

「それもじゃ。取れ」

雪姫は、自分も下帯を解いて全裸になりながら言った。

主君の命令である。どうせ藤乃は隣室から様子を窺っているだろうが、続いて平左も最後の一枚を取り去り、産まれたままの姿になった。

「ここへ」

言われて、平左は素直に主君の床に横たわった。股間は押さえているが、彼女の方は胸や股間を隠しもしない。乳房は、藤乃ほど豊かではないが、若々しい張りに満ち、晒の痕目が痛々しかった。股間の茂みも楚々《そそ》として、肌はさすがに磨きがかかり、透けるように白かった。

　着替えも風呂も、幼い頃から人の手で行なわれていたため、羞恥心も通常の女とは多少違うのかも知れない。

「手を……」

　雪姫も緊張と興奮が高まっているのか、そっと平左の手を握り、股間からどかせた。

　同時に、急角度に屹立した肉棒が、ぶるんと弾けるように現われた。

「まあ……！　いや、何と醜い……」

　思わず女言葉が出てしまったが、雪姫は目を見張り、息を呑んで男根を見下ろした。

　行正と同い年の雪姫も、平左と同じく十六になったばかり。まぐわい番である藤乃から男女のことは教わっているだろうが、それはまだ全て頭の知識のみ。おそらく、男のものを見たのはこれが生まれて初めてであろう。

「このように大きく立っていて、邪魔であろう」

「いえ、淫気を催すと、このようになります。普段は柔らかくて小さいのです」

「なに、ならば今は淫気を催しているのか、この余に対し」

「め、滅相も……。しかし、二人きりで双方裸なれば、自然にこのように……」

平左は脂汗を滲ませながら、懸命に言った。

すると雪姫は、そっと手を伸ばし、一物に触れてきた。幹を撫で、ぴんぴんに張りつめた亀頭にも指を這わせた。

「ああ……」

平左は喘いだ。電撃のような快感が、股間から背骨を通って全身に広がっていった。

何しろ相手は、雲の上の住人なのである。

「なぜ声を。痛いのか」

「い、いいえ……、心地よくて……」

「なるほど、心地よさが高まると、鈴口から精汁を放つと言うが、まことか」

「はい……」

「見たい。出してみよ。こうか?」

雪姫は、にぎにぎと動かしはじめた。触れるのも、最初は恐る恐るだったが、すぐに慣れ、遠慮なくいじるようになってきた。もともと活発で、好奇心も旺盛なのだろう。

「ど、どうか……、お手が汚れます。それに、一度出すと、力が抜けて回復に時間がかかります……」

もっと楽しみたい気持ちも否めず、平左は暗に釘を刺すように言った。

「そうか。それも聞いたことがある。男は放ったあとは腑抜け状態になると。それでは面白うない」

彼の希望通り、雪姫は肉棒から手を離してくれた。

「それにしても、このように大きなものが陰戸に入るものなのか」

「はい……。最初は痛いと聞き及びますが、慣れてくると、その心地よさは男の何倍もあるということです。それに、女も淫気が高まれば陰戸が熱く濡れ、挿入しやすくなるそうですので」

「濡れるか。今の余がそうかも知れぬ」

雪姫は言い、もじもじと両膝を合わせた。もとより、藤乃を追い出したときから、彼女も淫気と興奮を高めていたのだろう。

「見てくれるか。濡れているかどうか」

「はい。しかし殿を見下ろすわけには参りませぬゆえ、私を跨いでくださいませ」

平左は、激しく胸を高鳴らせながら言った。我ながら、よく言ったと思う。彼女が仰向けになって股を開かせ、顔を寄せるのは容易だろうが、平左は下から見上げてみたかったのだ。

以前から、女が用を足すときはどのようであろうかと思い、出来ることなら厠《かわや》に潜り込んで見上げてみたいという妄想も、手すさびには欠かせないものだったからだ。

「厠のようにか？」

「はい」

「こうか……？」

雪姫は言いながら、さすがに緊張に頬を強ばらせながら身を寄せた。

まず、平左の顔の左側に片膝を突き、ゆっくりと跨いできた。

ふわりと生ぬるい風が顔を撫で、ほのかに甘い肌の匂いが揺らめいた。

平左の目の前に、むっちりした白い内腿と、真上からは無垢な陰戸が迫ってきた。

（なんと、艶めかしい……）

平左は目を見張り、鼻先にまで迫ってくる雪姫の股間を見上げた。

若草が楚々と恥ずかしげに煙り、肉づきが良く丸みを帯びた割れ目は、まさにふっくらした饅頭を横に並べて押しつぶしたようだ。その間から、薄桃色の花びらがはみ出し、大股開きになったため、さらに奥の柔肉まで覗いていた。

そして確かに、花びらは夜露を宿したように、ぬらぬらと潤いを帯びて妖しい光沢を放っていた。オサネは小さく、ほとんど包皮に隠れて見えなかった。

「濡れているか……」

雪姫の声は、微かに震えていた。真下から男の熱い視線と息を感じ、この興奮が何かも分からないまま、彼女は下腹をひくひくと震わせ、花弁を熱く息づかせているのだった。

「はい。少し……」

「ならば、余も淫気を覚えているのだな……。確かに、胸が熱く高鳴っている。これは、どうしたら鎮まるのか……」

「では、ご無礼ながら、このように……」

平左は舌を伸ばし、今にも滴りそうになっている淫水の雫を舐め取り、そのまま割れ目の間から差し入れていった。

「あッ……！」

雪姫が驚いたように声を上げ、びくりと腰を震わせたが、避けようとはしなかった。

平左は恐る恐る彼女の腰を抱えて引き寄せ、完全に顔の上に座ってもらった。雪姫も、彼の顔の左右に両膝を突き、前屈みになって両手も突いて四つん這いになった。

中を舐めるうち、さらにとろとろと大量の蜜汁が溢れてきた。仰向けのため割れ目に自分の唾液が溜まらぬから、溢れてくる様子が良く分かるのだった。

「アア……、お前は一体何を、犬のように……」

雪姫は、彼の行動が信じられぬというふうに喘ぎ、それでも自分からぐいぐいと股間を押しつけてきた。

おそらく襖の隙間から覗き見ている藤乃も、止めようとしないところを見ると、交接さえしなければ、ある程度許されるようだった。

平左は、柔らかな若草に籠もる、何とも気品ある甘い匂いに陶然となり、蜜汁の淡い味わいに酔いしれた。さらに潜り込み、可憐な蕾の肛門にも鼻を押し当てた。そこも、えもいわれぬ芳香が馥郁と籠もり、細かな襞が震えていた。

舌を這わせ、念入りに舐めてから浅く舌を潜り込ませ、ぬるっとした滑らかな粘膜まで味わった。

「ヒッ……！　へ、平左……、なぜ、そのように浅ましい真似を……、でも気持ちいい」

雪姫は肛門を収縮させながら喘ぎ、彼の鼻先にぬらぬらと新たな淫水を滴らせた。

平左は姫の肛門の味も匂いも消え去るまで舐め尽くしてから、再びオサネに吸い付いていった。

「あう……、な、何だか、身体が宙に舞うような……、もっと強う……、アアッ……！」

雪姫は口走りながら、いつしか狂おしくがくんがくんと全身を波打たせ、やがてそれ以上の刺激を避けるように、とうとう脇に突っ伏してしまった。

どうやら、生まれて初めて気を遣ってしまったらしい。

平左が愛撫を止めて添い寝していると、雪姫がのろのろと身を寄せ、彼の肉棒を握ってきた。

「夢の中にいるように、心地よかった……。お前も精汁を放つときは、同じ気持ちになるのだな……」

姫はニギニギと強ばりを揉んでくれた。まさか口でしてもらうわけにもいかないから、平左はそのまま身を任せた。もちろん指にしろ、通常ではあり得ないことが起きているのだ。その感激と恐れ多さに、彼もあっという間に昇り詰めた。

「く……、出ます……」

平左は口走り、雪姫の甘い吐息と体臭に包まれながら、ありったけの精汁を勢いよく噴出させてしまった。それは一尺ほども飛び、出し尽くしてからは、あまりのことに平左も放心状態になってしまった……。

五

——数日後、行正こと雪姫のもとに、旗本の娘が輿入《こしい》れしてきた。

九代将軍、家重《いえしげ》の許しも得て迎えた妻は、将軍家の書院番頭を勤める田岡《たおか》家の一人娘、千代《ちよ》だった。

宝暦二年、睦月《むつき》も半ばを過ぎた頃である。

その祝宴と披露目の日、遠くから正室、千代の顔を見た平左は、その美しさに目を見張っていた。

そして家臣の誰もが、見目麗《うるわ》しい若殿と奥方の姿に見惚れ、わが稲川藩の幸多き行く末に大いなる希望を抱いたのであった。

(今宵にも、千代様に子種を仕込む役目をしなければならないのだ……)

平左は思い、緊張とともに激しい欲望と興奮を覚えるのだった……。

第二章　くながい秘法

一

「よろしいですか、平左殿。どうかくれぐれも、奥方様におかしな真似だけはしませぬように」

「わかりました。滞りなく、お役目を全うしたいと思います」

主君行正の侍女、藤乃に念を押され、平左は重々しく頷いた。

しかし、藩の存亡に関わる大事とはいえ、実際に平左がすることは、主君行正に成り代わり、本日輿入れしたばかりの奥方、千代と閨《ねや》をともにし、交接することなのだ。

実に、何とも奇妙な成り行きだった。他の藩士たちは、この事実を知ったら何と思うだろう。美しい主君の奥方を抱ける平左を羨むだろうか、あるいは畏《おそ》れ多くて萎縮し敬遠するだろうか。

（それにしても……）

平左は、白い寝巻きに着替え、藤乃に髷を整えてもらいながら思った。

同い年、十六の若殿行正が実はすでに身罷《みまか》り、いま主君行正になっているのは双子の姉である雪姫。その雪姫が旗本の娘、千代を娶った。女同士では子ができぬため、代わりに平左が子種を仕込む役目を仰せつかったのである。

いわば平左は、亡き行正の身代わりだ。

「さあ、これでよろしゅうございましょう」

藤乃が、彼の身支度を調《ととの》えて言った。

すでに平左は湯殿で身を清めている。宵の六つ半（午後七時頃）。いよいよ本日輿入れした奥方と、交わるときがやってきたのだ。

「あの、藤乃様……」

「何です。まだためらいが？」

「いや、子種を仕込むことに専念し、妙な淫気による行動は控えますが、その分、後ほど藤乃様に行なってもよろしゅうございますか」

「まあ……！」

平左の言い分に、藤乃は目を丸くした。しかし、たしなめるよりも、今は平左が無事に役目を終えることが大事と思ったか、彼女はすぐに頷《うなず》いた。

「承知いたしました。奥方様に致したのちは、この私にどのような淫気を向けようとも構いませぬ」

　この、三十二歳の美しき侍女は、重々しく頷いた。何しろ彼女は、雪姫が幼い頃からずっと仕え、今は雪姫を行正に成りきらせる最も重要な役目を担っている。お家安泰のためなら、我が身を差し出すぐらいの覚悟はいつでもできているのだろう。

「ならば、後ほど」

　平左は安心して立ち上がった。

　これで千代が懐妊するまでは、この藤乃が何でも彼の言いなりになってくれるだろう。

　主君の奥方を抱くことへの緊張はない。むしろ平左は楽しみであった。

　家老の次男坊として生まれ、初めてお家の役に立つのがまぐわい番という、情交が任務である秘密の役職。とにかく平左の一物に、わが稲川藩五万石、江戸屋敷と国許合わせて家臣五千人の命運がかかっているのである。

　早く千代に懐妊させ、男子を出産しさえすれば雪姫も主君のふりをやめて女に戻り、行正は病弱のため隠居という名目にし、赤子を次期藩主として届け出をするのだ。

　平左は奥の間に進み、寝所へと入った。藤乃は次の間に控えた。

中は行燈《あんどん》が一つで薄暗い。すでに、千代は寝巻き姿で端座して待っていた。

本日、輿入れした千代は、一つ上の十七歳。将軍家書院番頭、田岡家の一人娘である。

書院番頭は、若年寄のすぐ下で、家の格は申し分ない。

むろん稲川藩にも密偵はいるから、千代のことは調べ尽くし、一点の曇りもない生娘《きむすめ》であることは間違いなかった。

「千代、縁ありて夫婦になった。よろしく頼むぞ」

主君に成り代わった平左は、藤乃に教わった台詞を言った。

「ふつつか者ですが、よろしくお願い致します……」

千代も、淑《しと》やかに小さく答えて深々と頭を下げた。

昼間の挙式のときも、千代はろくに自分の夫となるものの顔など見ていなかった。それが女であろうなどとは夢にも思わないだろうし、その夫と、いま目の前にいる平左が別人だろうなどとは考えもしないだろう。

それにしても、美しい。

行正に成り代わっている雪姫も美しいが、何といっても平左にとって雪姫は主君だから思い入れが違う。それは単なる美ではなく、神々《こうごう》しくさえある存在だった。

千代は主君の奥方。確かに雪姫に匹敵する畏れ多さはあるが、それを差し引いても肌は透けるように白く、人形のように整った目鼻立ちは清らかで、この上ない美形だった。

やがて平左がそっと千代の肩に手を触れると、彼を行正と信じ切っている彼女は、素直に床に横たわった。

そのまま唇を重ねていくと、柔らかな感触とともに、ふんわりと甘い微香が漂った。白粉と紅の香り、それに千代本来の甘い吐息が生温かく混じり、馥郁と彼の鼻腔を満たしてきた。

そっと舌を伸ばし、中に差し入れていった。うっすらと唾液に濡れた唇の内側を舐め、滑らかな歯並びを舌先で左右にたどった。

千代のかぐわしい呼吸はまだ乱れず、緊張しているのか、じっと動かなかった。

「舌を……」

囁くと、ようやく千代の前歯が開かれ、ちろりと舌が伸ばされてきた。

平左はからみつかせながら、甘い匂いが濃厚に籠《こ》もる口腔に潜り込ませ、隅々まで舐め回した。とろりとした唾液は温かく、次第に千代の舌もねっとりと動きはじめた。

彼女も、おそらく侍女に閨のことは聞いてきたのだろう。

平左は、とびきりの美女の唾液と吐息を心ゆくまで味わいながら、千代の帯を解いて胸元をくつろげ、柔らかな膨らみに手のひらを這わせていった。

「ああ……」

ぽっちりした乳首を探ると、千代が口を離して小さく喘いだ。

相当に感じやすいのかもしれない。それに、いかに箱入り娘として育とうとも、年相応に情交への好奇心や期待もあるだろう。今宵は平左以上に、彼女にとっても大切な、待ちに待った夜なのだ。

だから、大切に扱ってやらなければならない。足の裏から陰戸《ほと》、肛門まで舐めてやりたい。だが、主君の身代わりなのだから、そうそうはしたない真似もできない。

平左は、突っ走りたい淫気を抑えながら、彼女の首筋を舐め下り、完全に寝巻きを開かせながら乳房に迫っていった。

大きいというほどではないが、形よく張りのある乳房が熱く息づいていた。

薄桃色の乳首は小さめで、乳輪も淡い色合いで周囲の色白の肌に溶け込んでいた。

平左がちゅっと吸い付くと、

「く……！」

千代が小さく呻き、びくっと肌を震わせた。吐息とはまた違う、生ぬるく甘ったるい肌の匂いがふんわりと揺らめいた。

ちろちろと舌で転がすうち、柔らかだった乳首も次第に刺激を受けてこりこりと硬く突き立ってきた。その間も、もう片方の膨らみを優しくいじり続けていると、千代は少しもじっとしていられないように、うねうねと悩ましく身悶えはじめていた。

まだ感じるというより、くすぐったい感じと羞恥心の方が大きいのだろう。

もう片方の乳首にも吸い付き、そっと吸いながら舌を這わせると、

「あう」

千代は呻き、何度かびくっと激しく柔肌を波打たせた。

平左は両の乳首を交互に含んで愛撫し、さらに甘い匂いを求めて腋の下にも顔を埋め込んだ。

腋の窪みはほんのり汗ばみ、さらに濃く甘ったるい匂いが籠もっていた。舌で探ると、産毛《うぶげ》と紛うばかりに淡い腋毛が何とも艶めかしい感触を伝えてきた。

「ああ……、殿……」

千代が喘いで言い、まるで彼に腕枕するように抱きかかえながら、次第に激しく力を込めてしがみついてきた。

平左は、千代の甘ったるい体臭と、上から吐きかけられるかぐわしい息に酔いしれながら、滑らかな肌を探り、そっと股間に手を伸ばしていった。

舐めることは控えるが、いじって潤いを確かめるぐらい構わないだろう。

むっちりとした内腿を撫で上げ、股間の中心に指を這わせた。柔らかく、楚々とした若草の手触りがあり、真下の割れ目に沿って指でたどっていくと、はみ出した花びらに触れた。そこを優しく開き、指の腹で柔肉を探った。

潤いは、まだうっすらとしたものだ。

それでも指先で小さなオサネに触れると、

「アア……」

千代が声を上げ、彼の顔を強く胸に抱きしめた。壊れ物を扱うように、触れるか触れないかという微妙な愛撫をオサネに続けると、次第に割れ目内部が熱くぬらぬらと潤ってくるのが分かった。

指の動きが滑らかになるにつれ、平左の淫気も高まり、やがて彼は身を起こし、自分の寝巻きも開いて勃起した一物を露わにした。

これも、握ったり舐めさせたりすることはできないだろう。いずれ、互いの性格がよく分かった上でなら、あるいはそうした機会が来るかもしれないが、とにかく今日は初夜なのだ。

恥じらう千代の両膝を割って身を進め、そっと自分の一物に唾液を垂らした平左は、さらに幹に指を添え、割れ目に亀頭をこすりつけた。

そして唾液と淫水のぬめりをまつわりつかせると、平左は位置を定め、ゆっくりと貫いていった。張りつめた亀頭が、生娘の陰戸を丸く押し広げ、ぬるりと潜り込んだ。

「あう……！」

千代が眉をひそめ、思わず奥歯を嚙みしめて呻いたが、むろん承知の上のことだ。

ただ、破瓜《はか》の痛みは初体験だろうから、彼女は敷布を摑んで懸命に堪えていた。その痛みは想像以上であったかもしれない。

しかし、最も太い雁首が入ってしまうと、あとは潤いに助けられ、肉棒はぬるぬるっと滑らかに根元まで呑み込まれていった。

股間を密着させ、深々と押し込んだ平左は身を重ねていった。すぐに、千代が救いを求めるように両手を回してきたのが愛しかった。

さすがにきつく、締まりが良い。中は燃えるように熱く、平左は挿入時の摩擦快感と、柔肉の温もりや感触を心ゆくまで味わった。

我慢する必要はない。早く射精して済ませた方が千代も楽だろう。

だから痛みを哀れとは思うが、すぐにも平左は彼女の肩に手を回して抱きつき、小刻みに腰を突き動かしはじめた。

「く……」

千代が顔をしかめて呻いたが、平左も高まったので動きを止めるわけにいかない。たちまち彼は、宙に舞うような絶頂の快感に全身を包み込まれた。そのときばかりは彼女を気遣う余裕も吹き飛び、股間をぶつけるように激しく律動してしまった。

熱い大量の精汁をほとばしらせ、最後の一滴まで心おきなく放出し尽くした。

千代は、もう痛みも麻痺したようにぐったりと手足を投げ出していた。

平左は動きを止め、彼女の熱く湿り気ある上品な匂いの息を嗅ぎながら、うっとりと快感の余韻に浸った。

やがて呼吸を整えると、平左はゆっくりと身を起こし、枕元に供えられていた桜紙で先に一物を拭い、さらに千代の陰戸に紙を当てた。

「あ……、そのままに……」

千代は慌てて紙を押さえて言った。

「よい、じっとしておれ」

「いいえ、どうか……」

千代は、さすがに痛みを堪えて自分で股間を拭き、掻巻《かいまき》で隠した。やはり事後処理のことも教わっており、殿の手を煩《わずら》わせるなどということは決してさせないのだろう。桜紙は破瓜の血を吸っており、それも見せたくないようだった。

「そうか。ならば」

平左は言い、寝巻きを整えて立ち上がった。

すると藤乃とは反対側に控えていた侍女、千代が実家から連れてきた文《ふみ》が入ってきて、あとは自分に任せろというふうに恭《うやうや》しく頭を下げた。

平左はそのまま千代の寝所を出て、藤乃の部屋へと向かっていった。

二

「お勤め、ご苦労様でした。まずは万事滞《とどこお》りなく済み、安堵いたしました」

部屋に入ると、全て見届けていた藤乃が言った。

「ええ、疲れました。仕草も言葉遣いも藩主のように振る舞うのは」

「上出来です。お疲れならば、このままお休みなさいませ」

「いや、淫気が溜まっています。したいことを一つもしていないのですから」

平左は言い、藤乃に激しい淫気を催した。

「いま出したばかりでしょうに」

「いいえ、約束です。どうか好きにさせてください」

平左は、射精したばかりではあるが、千代への興奮がくすぶっているうちに、熟れた藤乃を相手にしたかった。それに、やはり千代を相手にしている間はかなり気を遣い、子種を仕込むことに専念するあまり、とことん快感を味わっていない気がするのだ。

すでに床は延べられているが、藤乃は着物姿だ。

迫って帯に手をかけると、

「わかりました。では……」

藤乃は言い、自分で帯を解きはじめた。

平左は寝巻きを脱いで全裸になり、先に布団に潜り込んで、脱いでゆく藤乃を眺めた。

しゅるしゅると帯が解かれ、心地よい衣擦れの音とともに見る見る熟れた肌が露出していった。

着物を脱ぐと藤乃は彼に背を向けて座り、足袋を脱ぎ襦袢を脱ぎ、腰巻き一枚になってそっと添い寝してきた。

「ああ、嬉しい……」

平左は、白く豊満な熟れ肌にしがみつきながら言った。

腕枕してもらい、千代とは比べものにならぬほど豊かな膨らみに顔を埋め、色づいた乳首に吸い付いていった。藩主や奥方と違い、侍女は毎日入浴するわけではないから甘ったるい匂いは濃く、平左はうっとりと酔いしれた。

「あ……」

勃起した乳首をそっと嚙むと、藤乃が声を上げ、びくりと肌を震わせた。

平左は左右の乳首を交互に舐め、もちろん色っぽい腋毛の煙る腋の下にも顔を埋め、熟れた女の体臭を胸一杯に吸い込んだ。そして肌を舐め下り、腰巻きを取り去りながら、太腿から足の方へと舌を這わせていった。

「い、いけません……、そのようなこと……、殿の身代わりなのですよ……」

藤乃はたしなめようとしたが、何でもさせるという約束だ。構わず平左は美女の足の裏に舌を這わせ、汗と脂に湿った指の股も嗅ぎ、爪先にしゃぶりついた。

「アア……、き、汚いから、どうかお止めなさい……」

藤乃は悶えながら言い、それでも本格的に拒むようなことはしなかった。

平左は彼女の両足とも、全ての指の股に舌を割り込ませ、味と匂いが消え失せるまで貪った。そして脚の内側を舐め上げ、平左は腹這いになりながら藤乃の股間に顔を進ませていった。

白くむっちりと量感のある内腿の間には、何とも悩ましい匂いを含んだ熱気と湿り気が籠もり、平左は吸い寄せられるように藤乃の中心に鼻と口を押しつけた。

「あう……！」

藤乃が息を呑み、内腿を緊張させた。

柔らかく、黒々と茂った恥毛に鼻を埋め込むと、甘ったるい汗の匂いに混じり、残尿や蒸れた体臭が入り混じり、馥郁と彼の鼻腔を満たしてきた。

舌を伸ばして割れ目を舐めると、はみ出した陰唇はすでに熱くねっとりと潤っていた。

やはり気持ちでは平左の要求に困った素振りを見せながらも、熟れた肉体は大きな欲求を抱えているのだろう。

平左は陰唇を探り、徐々に内部に潜り込ませ、淡い酸味を含んだ大量の蜜汁を舐め取った。柔肉は快感に打ち震え、つんと突き出たオサネを舐め上げると、

「ああーッ……！」

溜まらずに藤乃は声を上げ、身を弓なりに反らせながら、内腿できつく彼の顔を締め付けてきた。平左は執拗にオサネを舐め、上の歯で包皮を剥いて吸い、軽く歯で挟みながら様々に愛撫をした。

「お、お願い、そんなに……」

藤乃は腰をくねらせながら息を弾ませ、後から後から熱い大量の淫水を漏らした。

平左は淫水をすすり、彼女の両脚を抱え上げて豊満な尻の谷間にも顔を押しつけていっ

た。ひんやりとした柔らかな双丘を顔に密着させながら、秘めやかに閉じられた桃色の肛門に鼻を埋めた。かぐわしい微香が、鼻から股間まで響き渡るほど刺激的で、平左は細かに震える襞を舐め回した。

「そ、そこは、駄目……！」

藤乃は息も絶えだえになって言い、きゅっきゅっと肛門を引き締めて悶えた。

平左は充分に舐め回し、内部にも舌先を押し込んで、ぬるっとした滑らかな粘膜まで味わった。そして口を離すと、唾液に濡れた肛門にずぶずぶと指を押し込んでいった。

「く……！　い、いや……」

藤乃は拒むように肌を強ばらせたが、ぬめりに合わせて指は根元まで入ってしまった。

そして彼は、今度は二本の指を陰戸の穴に押し込み、天井をこすりながら再びオサネを舐めはじめた。

「ああーッ……！　堪忍……」

前後の穴を指で愛撫され、さらに最も感じるオサネを吸われながら藤乃は激しく悶え、がくがくと全身を痙攣させはじめた。どうやら気を遣ってしまったようで、間もなく彼女はぐったりとなってしまった。

ようやく平左は前後の穴からぬるっと指を抜き、再び彼女に添い寝していった。

「なんて……、いけない人なの……」

藤乃は荒い呼吸が治まらないまま、なじるように言った。

「今度は、藤乃様がしてください……」

平左が言い、促《うなが》すように彼女を押しやると、藤乃も我を失ったように朦朧《もうろう》としながら、そろそろと彼の股間へと顔を寄せていってくれた。

仰向けで受け身になると、平左の股間に熱い息がかかった。そして、まだ千代の淫水も残っているであろう先端に、藤乃はそっと舌を這わせはじめた。

粘液の滲む鈴口から、張りつめた亀頭までをまんべんなく舐め、さらに藤乃は丸く開いた口で、すっぽりと喉の奥まで肉棒を呑み込んでいった。

「ああ……」

平左は快感に喘ぎ、美女の口の中で温かな唾液にまみれた一物をひくひくと震わせた。

藤乃は上気した頰をすぼめて吸い、内部では舌を激しく蠢かせ、何度もすぽすぽと口で摩擦してくれた。

たちまち平左は高まり、暴発する前に彼女の口を離させた。

「どうか、上から跨《また》いでください……」

手を引きながら言うと、少しためらったが、藤乃は彼の股間に跨《また》がり、自ら幹に指を添えて先端を陰戸にあてがってくれた。そして息を詰め、ゆっくりと受け入れながら腰を沈み込ませてきた。

「アアッ……！　いい……」

屹立した肉棒を、ぬるぬるっと根元まで受け入れながら藤乃が喘いだ。平左も、深々と熱く濡れた柔肉に呑み込まれ、きゅっと締め付けられて快感に息を詰めた。

彼女は完全に座り込んで股間を密着させ、すぐに身を重ねてしがみついてきた。

平左も下から抱きつき、藤乃の唇を求め、激しく舌をからめながら、ずんずんと股間を突き上げはじめた。

「ンンッ……！」

彼の口を吸いながら藤乃は熱く甘い息で呻き、下からの突き上げに合わせて腰を突き動かしてくれた。

互いの接点から、ぴちゃくちゃと卑猥《ひわい》に湿った音が響き、大量に溢れた淫水が彼のふぐりから内腿までもべっとりと温かく濡らしてきた。

たちまち平左は絶頂に達し、ありったけの熱い精汁を噴き上げながら動き続けた。

「あうう……、い、いく……！」

内部に噴出を感じ取ると同時に、藤乃も声を上ずらせて口走り、がくんがくんと狂おしく全身を揺すりながら彼自身を締め上げてきた。

平左は最後の一滴まで心地よく放出し、やがて深い満足とともに力を抜いた。

三
「平左。昨夜はご苦労だった」

「ははッ……」

翌日、平左は主君行正に呼ばれて平伏していた。

見た目は行正だが、実は男装した双子の雪姫だ。その秘密を知ってからというもの、やはり主君を見る目は違い、まして陰戸を舐めたことがあるだけに、平左にとって雪姫はこの世で最高位にいる美女となった。

昨夜は、この主君である美女の奥方と情交したのである。

今後とも平左は、千代が懐妊するまで毎晩一回、必ず情交して精汁を注入しなければならないのだ。

日中、千代と行正が顔を合わせることは滅多にない。しかも平左が夜に相まみえるときは、行燈一つの薄暗い中だから、まずこのまま情交を繰り返しても、千代が相手を替え玉と見破ることは決してないはずだ。

「あれで、孕《はら》むと良いが」

「はい」

「藤乃と一緒に見ていて、余まで身体の芯が熱くなってしまったぞ」

「え……？」

言われて驚いた平左は、思わず目を丸くして顔を上げた。

行正こと雪姫は、悪戯《いたずら》っぽい笑みを浮かべている。月代を剃り、凛々《りり》しく眉を描き、髷を香油で固めた顔は正に生前の行正そっくりだ。しかし、その胸には晒がきつく巻かれているのだ。

どうやら雪姫は、やはり自分の身代わりが勤める情交がどのようなものか、藤乃と一緒に覗き見ていたのだろう。

「と、殿が、ご覧になっていたのですか……」

「ああ。しかもそのあと、お前と藤乃が致すところまで見た。これは、藤乃には内緒であるがな」

「そ、そのような……」

「ああ、言わなくても分かっている。主君たるものが、そのように浅ましい覗きをするなと申すのだろう。だが、そうしたことに興味を持たせたのは、お前だ」

「……………」

「いや、責めているのではない。むしろ、余の淫気が旺盛なのかも知れぬ。近う」

雪姫は言い、平左がにじり寄ると、彼女自らもこちらに顔を寄せてきた。

「早く、女の姿に戻り、お前と一緒になりたい……」

女の声で囁くと、ふんわりと甘酸っぱい果実のような芳香の息が彼の鼻腔を撫でた。

「お前を、私だけのものにしたいが、今は耐える。だから早く奥を孕ませてくれ。そして淫気の余りを藤乃に向けるのも良い。だが忘れないでおくれ。私には、お前しかいないということを……」

雪姫は囁き、そのまま彼の口を求めてきた。

平左も逆らうことはできず、むしろ彼も淫気を高めながら唇を押しつけた。

「ンン……」

雪姫は甘酸っぱい息を弾ませながら、差し入れた彼の舌に吸い付いてきた。

見た目は若君だから、まるで男同士で舌をからめているようだが、かぐわしい匂いは紛れもない女のものだ。平左は激しく勃起してしまったが、以前のように、このまま雪姫の陰戸を舐めたり、指で射精させてもらうわけにもいかない。次の間には、油断なく藤乃が控えているのである。

それは雪姫も承知しているとみえ、やがて口を離してきた。

「夕刻、湯殿番を頼む」

雪姫が言い、それで話は終わったようだ。平左は深々と辞儀をして、主君の部屋を辞していった。

「平左殿」

思った通り、すぐに藤乃がついてきて別室に連れて行かれた。

「申し訳ありません。どうにも、拒みきることができませぬ」

平左は、先に謝ってしまった。まあ、藤乃も部屋に入ってこなかったところをみると、口吸い程度なら黙認してくれるようだった。

「湯殿番を仰せつかったこと、どうか軽はずみなことはせぬよう」

「分かっております。決して、私からは何も致しませぬ。殿のご命令でない限りは」

平左は答えたが、それが藤乃には心配なようだった。

湯殿番は、主君の背中を流す役目であるが、これが何しろ藤乃には苦労の多いことなのだ。主君行正が女であることは、他の家臣の誰にも知られてはならないことである。通常なら湯殿番は小姓が行なうのだが、それでは雪姫の身体を見られてしまう。

かといって一人で入浴させるわけにもいかないので、他の家臣の目を盗み、藤乃自身が行なっているのだが、大変に神経を使う作業だった。

その点、平左なら主君の御相手役であるから、湯殿番を勤めるのを見られても問題はなかった。

だが藤乃は、雪姫が日に日に成熟し、男の肉体に関心を持ちはじめていることが気になるようだった。もちろん千代が懐妊し、雪姫が女に戻って平左を婿にする分には良いのだが、それにはまだ時間が必要であった。

「よろしいですか。万一、姫様が情交を求めるようなことがあっても、断固として拒み通すのですよ」

「むろん承知しております。私も、稲川藩家老の息子ですので」

平左が強く頷くと、藤乃もこの話は終えた。

「それと、文殿ですが」

「はあ、千代様の侍女の……」

「相当な切れ者ですので、正体を見破られぬようご注意を」

藤乃が言った。

文は二十歳。ちょうど、雪姫に仕えている藤乃のような立場である。彼女は、羞じらいでろくに夫の顔も見ない千代とは違い、冷静に物事を見ているに違いないと藤乃は言うのだった。

「はい。注意しましょう。もっとも、文殿も私に会うのは閨だけですので」

「ええ。とにかく、見ているのは私だけではないということです」

言われて、平左は自分の部屋へと戻った。

まぐわい番という役職を任されたものの、昼間はすることがない。夜の仕事のため英気を養い、好きなものを食って寝ているだけだ。もちろんそれだけでは自分の気持ちが済まないので、なるべく書物だけは開くようにしていた。

ときには上屋敷を出て、江戸の町々を歩いて書店を回り、いかがわしい枕草紙を求めて参考にすることもあった。

今日も平左は、町で買った春画や猥本を読み耽り、様々な体位や愛撫を研究した。

別に平左の役目は千代を懐妊させることだけであり、ことさらに彼女を感じさせなくても良いのだが、やはり双方が感じて身も心も一つになり、そこで初めて子ができるような気がした。

やはり、女体とは感じるように出来ているのだから、それを感じぬまま子を成して一生を終えてしまうのは不幸だと思った。だから平左は、自分の関わった女には全て、この上ない快楽を得て欲しいのである。

やがて八つ半（午後三時頃）になると、平左は奥にある湯殿へ行った。主君の入浴の時間である。脱衣をする控えの間で、平左は着物と袴を脱ぎ、襦袢姿で裾を端折り、襷《たすき》がけをしてから、用意されている着替えを確認し、湯加減を見て待った。

間もなく、行正こと雪姫が入ってきた。

ここからは二人きりである。平左は彼女の帯を解いて着物を脱がせ、きつく胸に巻かれた晒を解いた。今まで押しつぶされていた、張りのある形良い乳房が二つ、ぶるんと弾けるように露出してきた。

今まで内に籠もっていた女の熱気が解放され、甘ったるい芳香が生ぬるく漂ってきた。

雪姫も相当に興奮し、期待を高めているように息を弾ませていた。

平左は屈み込んで足袋を脱がせ、褌《ふんどし》まで外した。やはり男の形を取っているため、下着も同じようにしているのだ。股間に食い込んだ褌は、やけに平左の興奮を煽り、彼はそれを頂きたいとさえ思った。

やがて雪姫を全裸にして湯殿に移動した。滑らぬよう手を取ると、もうたまらずに雪姫は彼を抱きすくめた。

「ああ、平左……」

熱っぽく囁き、激しく唇を重ねてきた。

平左も抱き留め、姫の熱く甘い息を嗅ぎながら舌をからませた。温かな唾液に濡れた舌を吸うと、彼女は平左の手を取り、自らの乳房に押し当ててきた。

「こうして……」

口を離すと、雪姫は彼の顔を胸に抱きしめてきた。平左は色づいた乳首に吸い付き、舌で転がしながら、もう片方も手のひらで優しく愛撫した。

「ああ……」

雪姫は熱く喘ぎ、そのまま力が抜けていくように木の椅子に腰を下ろした。

平左もそれに従いながら座り込み、左右の乳首を交互に吸い、充分に舌で転がしてから腋の下にも顔を埋めた。上品な腋毛の感触と、甘ったるい汗の匂いに酔いしれながら、さらに彼は姫の下半身へと移動していった。

四

「アア……、平左、汚いのに……」

足裏を舐めると、雪姫が声を震わせて言った。もちろん拒みはせず、平左にされるままである。

平左は、指の股にも鼻を押しつけ、ほのかな匂いを貪った。いかに光り輝く姫君でも、昼間は剣術の稽古もし、しかも男姿で気を張っているため全身は汗ばんでいた。そして匂いも、他の女性たちと同じようだということを、当たり前のことながら平左は実感しながら両の爪先をしゃぶった。

さらに平左はスノコに仰向けになり、雪姫に跨るよう促した。

「平左……、洗ってからの方が……」

「いいえ、どうか先に……」

平左が言うと、彼女はためらいながらも顔に跨ってきてくれた。

むっちりした内腿が顔の左右に広がり、中心部が鼻先に迫ってくる。すでに割れ目からはみ出した花びらはねっとりと潤い、今にもとろとろと蜜汁を滴らせるほどに雫を膨らませていた。

彼は腰を抱えて引き寄せ、柔らかな茂みに鼻を埋めた。何とも馥郁たる匂いが、熱気とともにかぐわしく鼻腔に満ちてきた。

平左は、姫の匂いを貪りながら濡れた割れ目に舌を這わせ、内部に差し入れていった。柔肉を舐め回し、溢れる蜜汁をすすり、こりっとした小さなオサネにも舌を這わせた。

「あう……、そこ、気持ちいい……」

雪姫が声を上ずらせて言い、ひくひくと柔肉を蠢かせた。

平左は潜り込み、白く丸い尻にも下から顔を押しつけ、谷間にひっそりと閉じられている桃色の蕾にも鼻を埋め、秘めやかな匂いを嗅ぎながら舐め回した。

「く……、駄目、平左……、そこは……」

姫は、きゅっきゅっと肛門を収縮させながら言い、彼の鼻先に密着した割れ目からは新たな大量の淫水を漏らしてきた。

平左は再びオサネに舌を戻し、執拗に舐め回した。

「アア……、か、身体が宙に……」

たちまち、雪姫は忙《せわ》しげに口走るなり、がくがくと全身を波打たせて痙攣した。

あっという間に気を遣ってしまったようだ。雪姫は、それ以上の刺激を拒むようにびくっと股間を引き離し、彼の傍らに突っ伏してしまった。

しかし平左が身を起こそうとすると、ぐったりしていたと思われた雪姫が、いきなり彼の股間に迫り、手早く下帯を解いてしまったのである。

「ひ、姫様……」

「いや、じっとしていて。お前が欲しい……」

雪姫は露出した一物を両手で押し包むように愛撫し、息がかかるほど顔を寄せてきた。

「な、なりません。どうか……」

「わかっている。決して交接はしない。だから好きにさせて……」

さすがに雪姫も、万一自分が孕みでもしたら大変なことになると承知しているのだ。

だから口でなら構わないということなのだろう。いきなり雪姫は、平左の一物をすっぽりと含んで強く吸いはじめてきた。

「あうう……、い、いけません……」

唐突な快感に、平左は思わず言い、彼女の口の中でびくんと幹を震わせた。

しかし、本格的に拒まなかったのは、畏れ多いのとあまりに心地よく、交接でなければ構わないのではないか、という気持ちがあったからだ。

雪姫は、誰に教わったわけでもないだろうに、張りつめた亀頭を貪るように舐め回し、喉の奥まで呑み込んでしゃぶった。

たちまち肉棒全体は、姫君の熱く清らかな唾液にどっぷりと浸り、最大限に勃起していった。熱い息が股間に籠もり、神聖な唇と舌が、まんべんなく一物に触れ、時には軽く歯も当てられてきた。

「く……、姫様。精汁が出てしまいます。お口を汚すわけには……」

「良い。このまま出して構いませぬ。お前のものなら飲んでみたい」

雪姫は言い、再び濃厚な愛撫を開始してきた。お行儀悪く、ぴちゃぴちゃと音を立てて亀頭を舐め、上気した頬をすぼめて吸い続けた。

「アア……、い、いく……！」

平左は我慢できず口走るなり、あっという間に激しい快感に貫かれてしまった。

身をよじるほどの絶頂と同時に、ありったけの熱い精汁が勢いよく雪姫の喉の奥を直撃した。

「ク……ンン……」

姫は噴出を受け止めながら、小さく鼻を鳴らし、懸命に喉に流し込んでくれた。

平左は、魂まで絞り出す勢いで、最後の一滴まで放出し尽くしてしまった。確かに快感は大きいが畏れ多さが先に立ち、夢の中にいるように現実感がなかった。

実際、家臣としては絶対にあってはならぬことをしてしまったのだ。

それでも動揺している平左とは逆に、雪姫は口に溜まった分をコクンと飲み込み、ようやく満足したように口を離した。

「あまり味はない。これが精汁の匂いなのね……」

雪姫は、まだ幹を握ったまま呟き、白濁した粘液に濡れている鈴口をぺろぺろと舐めて清めてくれた。

「ああ……」

平左は、射精直後の亀頭を刺激され、ひくひくと過敏に反応させて喘いだ。そして快感と激情が過ぎ去っていくと、自分のしたことが恐ろしく思えてくるのだった……。

五

「今宵の閨には、文殿が立ち会うこととなりました」

夜、まぐわい番を勤めに平左が控えの間に行くと、藤乃が言った。

「え？　それは、どういう……」

「千代様のたっての願いということで、先ほど文殿から申し入れがあったのです。初回がどうにも痛くて心細いので、どうか文殿も一緒にとのこと」

「はあ、どうせ見られているなら同じことですが」

「文殿は二十歳だけれど、どうやら閨の教育係だったようです」

藤乃が言う。

文は千代の御相手を長く務め、今回の輿入れに関しても、男女のことを千代に教えたという。その前は、千代の兄、書院番頭の跡継ぎが嫁をもらうときにも性教育を施したようだった。いわば、田岡家のまぐわい番というところだろう。

さらには、現書院番頭の手が付いていることも充分に推測された。要するに、若いが情交に関しては手練《てだ》れということだ。

密偵という見方もできないではないが、田岡家の一人娘が嫁した藩を貶《おとし》めるようなことはしないだろう。

「くれぐれも、殿の秘密を知られぬよう油断なさいませぬように」

「わかりました。殿に成りきりますので」

平左は答え、やがて身支度を整えて千代の寝室に赴いた。

床の脇に千代が端座して待ち、その背後には文が平伏していた。

「無理なお願い、お聞き頂き有難うございます」

文が言い、恐る恐る顔を上げた。

美女というほどではないが顔立ちは整い、きりりとした眉と眼差しが、平左の淫気をそそった。もっとも彼は、あらゆる女に淫気を抱いてしまうのだ。

文は、一生を千代に仕えると決めた覚悟が面に滲み出るような、実に凛然《りんぜん》たる武家娘だった。

「あいわかった。余の足りぬところを補ってくれれば心強い。よろしく頼むぞ」

平左が言うと、文はまた平伏して答えた。

「私は、くながいの秘法を身につけております。途中、それを施してよろしゅうございましょうか」

「くながいの秘法とは」

平左は聞き返した。くながいとは、婚と書く。女偏に昏《くら》いで、日暮れ時に行なうまぐわい。要するに男女の交合と同じ意味である。

「当家に伝わる、情交を滑らかにする術にございます」

文が言う。してみると彼女の家は代々、そうした役割を持っているようだった。

「わかった。奥のためであれば、存分に頼む」

平左は答えると千代を横たえ、彼も添い寝しながら囁いた。

「昨夜は、痛かったであろう。やがて慣れるゆえ、しばしの辛抱だぞ」

「はい。勿体ないお言葉、身に沁みて嬉しゅう存じます……」

千代は小さく答え、ほんのり頬を染めた。決して平左を嫌うとか、情交を嫌がるという様子はないので彼も安心した。

平左は唇を重ね、充分に舌をからめながら、美しい千代の唾液と吐息に酔いしれた。

傍らに、じっと文が端座して見ていると思うと、なおさら興奮が高まった。

彼は首筋を舐め下り、寝巻きを開きながら千代の乳房に顔を埋めていった。可憐に突き立つ桜色の乳首に吸い付くと、

「ああッ……！」

千代が顔をのけぞらせて喘いだ。

甘ったるい体臭が馥郁と揺らめき、千代の肌が徐々に波打ちはじめた。

（え……？）

昨夜より、ずっと千代の反応が激しいので、平左が思わず見ると、何といつの間にか文が彼女の足元ににじり寄り、爪先にしゃぶりついているではないか。

どうやら、それが文の役目のようだった。

昨夜の情交を覗き見て、平左が千代の臍《へそ》より下には愛撫をしないと判断し、こうして協力しているのである。

くながい秘法などと、もっともらしい名を付けているが、実際は相手の下半身を舌で愛撫する方。武家はともかく、町人ならば多くのものが行なっていることに過ぎない。

まあ、格式張った武家だからこそ、そうした行為も秘法のうちに数えられてしまうのかもしれない。

要するに、平左がしたくてもできず我慢していることを、文が補うだけのことだ。

それを秘法というならば、平左がいくらでもしてみたいのに、今は藩主のふりをしているから控えているだけなのである。

平左は、千代の両の乳首を交互に吸い、舌で転がし、膨らみに顔を押しつけて柔らかな弾力を味わった。

そして腋に顔を埋め、甘ったるい体臭を嗅ぎながら、そろそろと柔肌を撫で下ろしていき、千代の股間に達した。柔らかな茂みを掻き分け、割れ目の谷間に沿って指で探っていくと、陰唇の内側はねっとりと熱く潤っていた。

と、割れ目を探る平左の手に、文の熱い息がかかった。

文は千代の足を舐め上げ、今まさに股間に潜り込んできたところだったのだ。

(あるいは……)

平左は思った。文は、かなり以前から千代の陰戸を舐め、好奇心や淫気を慰める役を負っていたのではないだろうか。

彼が割れ目から指を離すと、やはり文は千代の股間に顔を埋め、熱い息を籠もらせながら舌を這わせはじめたのである。

「アア……」

千代が喘ぎ、うねうねと身をくねらせはじめた。千代も平然と舐めさせているから、やはりこれは二人の間では普通のことなのだろう。

「文……」

平左は、そっと千代の肌を舐め下り、臍あたりまで下がって呼んだ。

「何でございます……」

文が、千代の股間から顔を上げて言った。

「奥は、陰戸を舐められることに抵抗がないのならば、余もしてみたいのだが」

興奮を抑えながら、平左は藤乃に聞かれないよう囁いた。

「それはなりません。殿が女の股に顔を埋めることは、たとえ正室であっても決してあってはならぬことです。これは私のお役目」

文も、控えの間にいる藤乃を慮《おもんばか》り声を潜めて答えた。香でも含んでいるのか、文の熱い息は花粉にも似た妖しく甘い匂いがした。

「そうか……」

どうやら、文は藤乃と似て堅物らしい。

平左は諦め、再び千代の乳首を吸った。その間も、文は念入りに千代の割れ目を舐め回し、充分に潤わせていた。

「さあ、もうよろしゅうございます……」

文が、千代の股間から身を離して言った。

平左も寝巻きの前を開き、すでに激しく勃起している一物を露わにした。

「失礼いたします。その前に潤いを」

すると文が言い、いきなり彼の股間に顔を寄せてぱくっと亀頭を含んだのだ。

そのまま喉の奥まで呑み込み、温かな口の中をきゅっと引き締めながら、ぬらぬらと舌をからめてきた。

「ああ……」

平左は、快感に喘いだ。文の舌は長く、温かな唾液もたっぷり溢れて肉棒全体を心地よくまみれさせた。さすがに唇や舌の蠢き、吸引も摩擦も巧みで、たちまち平左は高まってきた。

すぐに文は、すぽんと口を離した。彼女は一物を濡らし、最大限に勃起させるだけの役目なのだ。

「さあ、では……」

文に促され、平左は千代の両膝の間に身を進めていった。

何から何まで文に主導権を握られているのが気になるが、文は文で、どうせ若殿はろくな性戯も知るまいと思い、懇切丁寧に指導しているつもりなのだろう。

淫水と唾液に濡れた割れ目に先端を押し当て、平左はゆっくりと挿入していった。

「アアッ……！」

ぬるぬるっと肉棒が根元まで潜り込むと、千代が顔をのけぞらせて喘いだ。

すると文が千代に添い寝し、しっかりと彼女を抱きしめていた。

「大丈夫ですよ。もうすぐ痛みは取れます。もっと力をお抜きになって……」

千代の耳元で宥《なだ》めるように囁くと、千代も昨夜と違い気心の知れた文がいるので安心したように、徐々に緊張を解いていった。

平左は、熱く濡れた柔肉に締め付けられ、快感を高めながら身を重ねていった。

そして千代を上から抱きすくめ、添い寝している文まで抱え込んだ。

二人の甘い体臭と吐息が入り混じり、彼はいつになく夢見心地の快感を覚えながら腰を動かしはじめた。

「あう……」

千代が呻くとその口を吸い、さらに平左は淫気に任せて、隣の文の唇まで求めてしまった。これぐらいなら構わないだろう。もとより千代と文は一心同体のようなものなのだ。

「あ……、なりません。私の口は、お下専用で……、ウ……！」

拒もうとした文に唇を重ね、平左はかぐわしい吐息を吸い込みながら律動を続けた。舌を差し入れると、拒んでいた文もやがて前歯を開き、長い舌を巧みにからみつかせてきてくれた。

文の鼻の頭に残るのは、千代の陰戸のぬめりと匂いだろう。

平左は激しく高まり、良く締まる千代の柔肉の中で、とうとう激しい絶頂に達してしまった。

「く……!」

平左は快感を嚙みしめて呻き、千代と文を抱き寄せて、その口を同時に舐め回した。

二人の唾液をすすり滑らかな舌を舐め、何ともかぐわしい芳香に混じり合った吐息を嗅ぎながら、彼は最後の一滴まで最高の心地で絞り尽くした。

ようやく動きを止め、平左は二人の温もりと匂いに包まれながら、うっとりと快感の余韻に浸り込んだ。

このような心地になれるのなら、これからも文の立合いは大歓迎だった。

千代自身も本当の快感に目覚めるだろうし、やがては藤乃の目を盗んで、陰戸を舐めることができるかもしれない。

それにしても、考えてみれば奇妙なことだった。陰戸は舐められるが挿入できない雪姫と、挿入はできるが下半身を舐められない千代の二人、どちらも平左はとことん賞味したいのだが、今は我慢するしかないのである。

やがて充分に余韻を味わい、呼吸を整えた平左は、ゆっくりと千代の陰戸から股間を引き離し、その隣にごろりと仰向けになった。

すかさず文が身を起こし、桜紙を千代の割れ目に当てながら、同時に精汁と淫水に濡れた肉棒を再び口に含んでくれた。

「ああ……」

平左は、温かな口に含まれ、うっとりと力を抜いた。

文は清めるようにぬめりを吸い取り、舌先で念入りに鈴口を舐め回した。

射精直後で過敏になった亀頭が震え、それも心得ているように文の舌使いは実に優しく柔らかだった。

舐め尽くすと、文は千代の割れ目も口で清め、唾液に濡れた双方の股間を丁寧に紙で拭ってくれた。

「痛くなかったか……」

平左は、二人の股間の処理を文に任せ、千代に囁いた。

「はい。今宵は、昨夜よりずっと楽でした。いいえ、むしろ心地よさも……」

千代が羞じらいながら答えた。

文がいるので心強さもあっただろうが、舐められて快感を知っているなら、挿入で気を遣るのもそう遠いことではないだろう。

やがて平左が身を起こすと、文が寝巻きを整えてくれた。

そして千代と文は座り直し、寝室を出て行く平左に深々と辞儀をして見送った。

「お疲れ様でした。少々驚きましたが、あれでご懐妊が早まるならば……」

迎えた藤乃も、少々のことには目をつぶってくれるように言い、やがて平左は余りの淫気を向けるため、藤乃の寝室に入っていくのだった。

第三章　たわむれ指南

一

「若いのに、実に変わった女ですね。文殿は……」

　侍女の藤乃が言う。それは平左も思っていたことだった。

　二十歳の文は、我が稲川藩に輿入れしてきた千代の侍女だ。家は代々、若君や姫の情交の手ほどき、要するに性教育係ということになる。

　平左は毎晩、主君に成り代わり千代と情交しているが、そのおり常に文が同席し、平左が出来ぬこと、すなわち千代の陰戸《ほと》を舐めるような愛撫を代わりにしてくれる役割を担っていた。

　平左も興味があるので、文と二人でじっくり話したいと思っているのだが、主君行正のふりをしている平左が、そうそう下世話な話題で盛り上がるわけにはいかない。

もちろん主君に化けていないとき、一人の家臣として会うことも考えたが、正体を見破られる恐れがあった。何しろ文は平左を、行正と思って接し、その一物までくわえているのである。

「余も会って話したいものだが、そうもいかぬな」

行正こと、雪姫も言った。急逝した主君に代わり、双子の姉である雪姫が藩主となっていることは絶対に秘密であり、まして他家から来た侍女に知られるわけにはいかなかった。

とにかく平左は、その夜も主君のふりをし、子種を宿すため正室である千代の寝室に赴いた。これは千代が懐妊し、男子が産まれるまで続けられることだろう。単に精力が旺盛というだけで、平左が選ばれた役職なのである。

しかし平左が千代の寝室に行くと、そこに待っているのは文だけであった。

「ん？　奥はどうした」

平左が主君のふりをして訊くと、文は平伏して答えた。

「先ほど、急に月の障《さわ》りが訪れ、今宵はお休みさせて頂きます」

「なんだ、そうか。ではまだ懐妊もしていないのだな……」

平左が言うと、次の間で監視している藤乃も、千代がいないのならば、と自分の部屋へ戻っていってしまったようだった。

そこで平左は、千載一遇の好機とばかりに、布団に座って文に迫った。

「ならば、今宵はそなたを抱きたい」

平左は、淫気を満々にして囁いた。とびきりの美形ではないが、清楚で平凡な顔立ちの中にも、凛然とした武家娘の気質が窺《うかが》えた。そして何より文は、真面目な顔をして淫らなことをするから、やけに妖《あや》しい雰囲気があるのだ。

「そ、それはなりません。私は千代様の……」

文は、目を丸くして尻込みした。

「いや、千代はもう余の奥だ。そなたも一生を千代に捧げるのだろう。ならば同じく我が藩の女。余が側室にして何の不都合があろう」

「し、しかし私は数多くの情交を仕込まれ、私の身体は多くの淫気にまみれております」

「ふむ、その話を聞きたいのだ。側室云々は別とし、今宵は文のことを色々話してくれ」

平左が言い、ごろりと床《とこ》に横たわると、文も去るわけにゆかず、仕方なく彼の傍らに端座した。

「お話といっても、いったい何を……」

「そなたは、ずっと千代に仕えてきたのだろう。して、情交の知識はどのように」

言うと、文は生真面目な顔をさらに引き締め、話しはじめた。

「私は、将軍家のくながい番を勤める役職の家に生まれました。十四歳から情交を仕込まれ、あらゆる性癖に対応できるほどの知識と肉体を作って参りました。おそらく、歴代の殿様やその一族の中には、常とは違う性癖を持つ方もいらしたためでしょう。それを理解して、奥方様が驚かれぬよう教育をするという家柄だったのです」

「ほほう……、それは何とも興味深い。風変わりな役職があるものだな……」

「しかし世は泰平となり、殿方の性癖も常軌を逸することなく、我が役職は廃《すた》れるに到ったのです。それで私は書院番頭の田岡様に仕えるようになり、千代様のお身の回りの世話をして参りました」

　それで千代も文を頼りにし、情交に関する相談事などもしてきたのだろう。

「なるほど。常軌を逸した性癖とは、明日をも知れぬ戦乱の世にこそ多くありそうな気がする。それらは、どのようなものか」

「はい。通常の情交以外の淫気、その性癖は大きく三つに分けられます」

「なに、三つあるのか。いや待て。その前に、通常の情交とは何か」

「口吸いをして乳を吸い、陰戸を探り、交接して果てることです」

「そうか、それが通常か。猿でもできそうな、つまらぬものだな。男は良くても、女は気持ち良くも何ともなかろう」

平左が言うと、文は反応に窮して困った顔をした。

「まず、相手を傷つけ、虐《しいた》げる性癖。もう一つはその逆、虐げられることに悦びを見出す性癖」

「で、通常以外の三つとは」

「なるほどなるほど、分かる気がする」

「特に、女を虐《いじ》めたがるのは成り上がり者に多ございます」

「ふむ、今まで虐げられてきたからか。急に力を持つと、そのように歪《ゆが》むのだな」

「御意。反対に、上に立っている者ほど、虐げられる悦びを持ちます。下々《しもじも》の者に叩かれるというのは、普通では有り得ぬ感覚なれば、それを密かに楽しむのです」

「うん、分かる分かる」

それは、平左の感覚に近いと思った。家老の家に生まれ、今はこうして主君の身代わりを務めているのだ。だからこそ、千代の陰戸を舐めたいのにできないという欲求に苦しんでいるのだ。

女を虐げるのは、身分に関係なく、例えば誘拐して監禁でもすれば誰でもできる。

しかし虐げられる悦びは、最初から身分が高くなければできぬ事だ。現実には有り得ぬ状況だからこそ、それをして楽しむ、いわば下降の悦びが得られるのだから、より高度な感覚といえよう。

「して、残りの一つとは」

「それは、生身の女が相手とは限りませぬ。着ていた衣服や腰巻き、履き物など、相手の匂いが染みついたものを好み、時には髪の毛、屍《しかばね》まで愛するという業《ごう》の深い性癖」

「ほほう。それを詳しく」

「この性癖の持ち主は、とにかく相手の発したものを好みます。特に匂い、あるいは身から出たもの、唾や汗、時にはゆばりまで飲みたいと思うようです」

聞いているうち、平左は我慢できないほど勃起してきてしまった。まさに、それこそが自分に一番近い性癖と思えるのだ。

「そうした行為も、文は仕込まれているのか」

「はい。この役職は少数なのですが、仲間同士で一通り体験することになっております」

「ゆばりを口に放つようなことも」

「はい」

真面目な顔で頷かれ、平左はむらむらとそれを行ないたい衝動に駆られた。

「ならば、通常の情交であっても良いから、そなたとしたい」

平左が身を乗り出して言うと、文は微《かす》かに身じろいだ。

「多くの体験をしてきた女でもですか……」

「ああ、なおさらだ。千代に仕えるだけなら、今後とも男との縁は持てなかろう。そなたにも淫気はあろうから、それを余に向けてみてくれ」

言いながら平左は、彼女の手を引いて添い寝させた。文もためらったが、多くの知識を持つ彼女は、こうした藩主がいることも意外には思わないのだろう。

「さあ、口を……」

平左は、彼女の顔を抱き寄せて唇を求めた。

「い、いいえ……、私の口は、お仕えする方のお臍より下専用です。淫気が余っていらっしゃるのなら、私の口にお出しくださいませ……」

「いやいや、最初は何といっても口吸いであろう」

平左は言い、とうとう文の唇を奪ってしまった。

「ンン……!」

文は微かに眉をひそめ、熱く甘い息を弾ませた。

今宵の文は、千代が休みだという報告に来ただけだから、口に香は含んでいないはずである。してみると、この花粉のように甘い吐息は、文本来の匂いであったようだ。

平左は舌を伸ばし、文の口を舐め、間から差し入れて白く滑らかな歯並びをたどった。

ようやく、文も観念したように前歯を開き、さらに湿り気ある芳香を漂わせながら舌を触れ合わせてきた。

文の舌は長く、温かな唾液に柔らかく濡れていた。

平左は興奮しながら激しく舌をからめ、溢れる唾液をすすった。正室の千代にはできない、荒々しく貪るような口吸いである。

「唾を、なるべく多く出してくれ。飲みたいのだ……」

口を触れ合わせながら囁くと、文はためらいながらも、少しずつとろとろと注ぎ込んできてくれた。ねっとりとした適度な粘り気を含む唾液は、小泡が多く実に滑らかで、心地よく喉を通過していった。

平左は心ゆくまで文の唾液と吐息を吸収し、寝巻きの胸元を広げた。そして口を離して首筋を舐め下り、柔肌に舌を這わせながら乳首に迫っていった。

二

「あ……、なりません……。私は今宵、湯に浸かっておりません……」

身を遠ざけようとしながら、文が声を震わせて言った。やはり今夜は千代の介添えも必要ないから、身を清めていなかったのだ。だから先ほどから、甘ったるい汗の匂いが馥郁と感じられていたのである。

構わず、平左は桜色に色づく乳首に、ちゅっと吸い付いていった。

「ああ……」

文は声を洩らし、びくりと肌を硬直させた。いかに情交に慣れた手練れでも、相手が相手だ。何しろ一生仕える千代の夫、まあ身代わりだが、そのようなことは露知らない文にとって、やはり彼は雲の上の存在であり、その前では覚えた技や心構えなど、通用しないほど彼女は緊張と戸惑いに震えていた。

まして千代が一緒なら介添えという名目があるが、今は一対一である。

平左は乳首を舌で転がし、漂う甘い汗の匂いに酔いしれながら、もう片方にも吸い付いた。肌はきめ細かく、乳房は千代よりも豊かだった。

さらに彼は、じっとりと汗ばんだ腋の下にも顔を埋め、柔らかな腋毛の感触を鼻に感じながら、切なくなるほど甘ったるい体臭を吸い込んだ。

ここまでしても藤乃が止めに入らないところを見ると、やはり千代がいないから監視の必要もないと思い、部屋に戻って休んでしまったのだろう。

「さあ、陰戸を見せてくれ。下から見たいので、顔を跨《また》いで欲しいのだ」

「そ、そればかりは、どうかご勘弁を……！」

平左が乳首から口を離して言うと、文は今にも泣きそうな声で哀願した。

「いや、そなたなら、余がそうした行為を望む気持ちが分かるであろう」

「ど、どなたにも、決して内緒にして頂けますか……」

「ああ、むろんだ。余の方こそ、誰にも知られては困る。さあ……」

促すと、ようやく文は重い腰を上げて、のろのろと彼の顔の横に片膝を突いてきた。

だが、もう片方の足がなかなか上げられないでいる。それは無理もないので、平左も根気よく待った。

「待て、先に足の裏を余の顔に」

言って足首を摑むと、文はヒッと息を呑んだ。日頃、冷静で真面目な文が可哀想なほど全身を小刻みに震わせ、熱病に浮かされているかのように喘いでいた。漂う体臭もさらに濃くなり、平左の興奮も最高潮になっていた。

彼は文の足首を摑んで引き寄せ、自分から足裏を顔に乗せてしまった。

汗ばんで生温かな足裏は柔らかく、ほのかな匂いが実に艶かしかった。

「アア……」

文はあまりのことに身動きもならず、気を失うまいとするのがやっとのようだった。

平左は舌を這わせ、汗と脂に湿った指の股にも鼻を押しつけて嗅ぎながら、とうとう爪先にもしゃぶりついてしまった。

「も、もうご勘弁を……」

「いや、もう片方の足も」

味も匂いも消え去るまで貪ると、平左はもう片方の足も顔に乗せさせた。

このようなことが表沙汰になれば、藩主の方は色好みの痴《し》れ者程度で済むが、文の方は一族郎党すべてに累《るい》が及ぶかも知れない。その緊張と動揺は察して余りあった。

しかし平左の方も、主君に代わって行なっている以上、その興奮は計り知れなかった。

何しろ、自分がしたことは全て藩主、稲川行正がしていることなのだ。

やがて両足とも味わい尽くすと、いよいよ平左は文に顔を跨がせた。

朦朧となった彼女は、あとはただふらふらと従うばかりだった。

仰向けの平左の顔に、ようやく文が跨ってきた。何という良い眺めだろう。

白くむっちりとした内腿が顔の左右に広がり、中心部の熱気と湿り気が顔全体を包み込んでくる。

黒々とした茂みは案外濃く、肉づきの良い割れ目からは可憐な桃色の花びらがはみ出していた。それが大股開きになっているため僅かに広がり、ぬめぬめと潤った奥の柔肉が覗いていた。

陰戸の穴の回りで入り組む襞は、白っぽい粘液にねっとりとまみれ、光沢を放つオサネは小指の先ほどもある大きなものだった。

平左は腰を抱き寄せ、割れ目全体を顔に密着させた。

「アアッ……！」

文が顔をのけぞらせて喘ぎ、彼の目の前で白い下腹をひくひくと波打たせた。

柔らかな茂みの隅々には、今まで感じたことのないほど濃い女の匂いが馥郁と籠もっていた。それは甘ったるい汗の匂いに、刺激的な残尿や蒸れた体臭の成分などが混じったもので、何とも悩ましく彼の胸を酔わせてきた。

平左は舌を這わせ、張りのある陰唇から奥の柔肉まで味わい、うっすらと酸味を含んだ淫水をすすった。温かな蜜汁は、後から後からとろとろと溢れてきた。元々、くながい番の家に生まれた者は、淫水の量も多いのかも知れない。

そしてオサネを舐め上げるたび、

「あう……！」

文が身を反らせて呻き、そのたびに思わずぎゅっと座り込みそうになるのを必死に堪えていた。

平左は執拗にオサネを舐め、時には強く吸い、そして真下に潜り込んでいった。白く豊かな尻の谷間に鼻を埋め込むと、可憐な桃色の蕾に籠もる、秘めやかで生々しい匂いが感じられた。その刺激は直接一物に響き、平左も我慢できなくなってきた。

「さあ、入れてくれ。上から……」

やがて文の前も後ろも心ゆくまで舐め尽くすと、平左は口を離して言った。

文も、ようやく解放され、ほっとしたように彼の身体の上を移動し、一物に屈み込んできた。やはり受け身になるより、自分から奉仕する方が気が楽なのだろう。

そして挿入の前には、必ずしゃぶって濡らすのが習慣になっているようだった。

たっぷりと唾液を出しながら、文は張りつめた亀頭を舐め回し、喉の奥まで呑み込んでいった。

「ああ……」

平左は快感に喘ぎ、彼女の口の中で唾液にまみれた一物をひくひくと上下に震わせた。

文は充分に舐め、彼の高まりが限界近くに達したのを察すると、すぽんと口を離して顔を上げた。

「どうしても、上から跨がないといけませんか……」

「ああ、そうしてほしい」

「では、ご無礼いたします……」

文も覚悟を決め、彼の肉棒に跨ってきた。そして幹に指を添えながら先端を陰戸に押し当て、位置を定めてゆっくりと腰を沈み込ませてきた。

たちまち屹立した一物が、ぬるぬるっと一気に根元まで呑み込まれていった。

「アアッ……!」

文が顔をのけぞらせて喘ぎ、完全に座り込んできた。平左も、心地よい摩擦を感じながら、文の温もりと感触に包まれた。実に締まりが良く、内部のぬめりも襞の蠢きも申し分なかった。

平左が彼女を抱き寄せると、文も素直に身を重ねてきた。

股間のみならず、肌全体が密着し、彼の胸で豊かな乳房が柔らかく弾んだ。

平左は再び彼女の唇を求め、舌をからめながら、ずんずんと股間を突き上げはじめた。

文も、それに合わせて腰を突き動かしはじめ、大量に溢れた淫水で互いの接点をびしょびしょに濡らした。

「ああ、何と心地よい……」

平左は、文の舌を吸い、甘い吐息と唾液を吸収しながら呟いた。

「殿……、私も……」

文が動きを速めながら言い、いつしか互いの股間がぶつかるほどに動きは最高潮になっていった。

「い、いく……！　文……！」

平左は口走り、同時に全身が解けてしまいそうな大きな快感に呑み込まれていった。

熱い大量の精汁が、どくんどくんと勢いよくほとばしり、それを感じた途端、

「ああーッ……！」

文も気を遣ったように狂おしく身悶えた。膣内の締まりと収縮も激しく、まるで全身で内部に満ちる精汁を飲み込んでいるかのようだった。

平左は最後の一滴まで心地よく放出し尽くし、ようやく突き上げる動きを止めて力を抜いた。文も、徐々に全身の硬直を解き、ぐったりと彼に体重を預けてきた。

「殿……、すごく良かった。今までで一番……」

情交の専門家がそのように呟《つぶや》いた。嘘にしろ平左は嬉しいし、あるいは専門家だからこそ、正直に言ったのかもしれないと思った。

もちろん単なる情交ではなく、文は相手を藩主と思っているから、その畏れ多さが快感に拍車をかけたのはいうまでもないだろう。

平左は、彼女の重みと温《ぬく》もりを感じ、熱く甘い吐息を間近に嗅ぎながら、うっとりと快

感の余韻を味わった。

「文……。奥の陰戸も舐めてみたいのだが、できるだろうか……」

平左は呼吸を整えながら、かねてからの懸案を口にした。すると文は驚いたように深々と入ったままの一物をきゅっと締め付けてきた。

「そ、それは……、私の務めですので……」

「いや、そなたなら分かるだろう。ともに一生暮らす千代の、陰戸の匂いも味も知らぬまま過ごすのは何とも残念」

「はい。しかし藤乃様が……」

文は言った。控えの間で監視している藤乃のことは、文も承知しているのだ。

「藤乃のことは、余が何とかする。文は、余が千代の陰戸を舐めても動揺しないような手だてを考えてくれ」

「承知いたしました。何とか、考えてみましょう……」

文は答えた。やはり身分がどうあろうと、男が女の陰戸を舐めたいという気持ちは、よく分かってくれているようだった。

やがて平左は身を離し、文に始末してもらってから部屋を出て行った。

三

「何と、文殿を抱いてしまったのですか……」

藤乃が目を吊り上げて言った。

「ええ、どうも得体の知れないところがありますからね、いっそ情交して親しくなってしまおうかと」

翌朝、主君から平左に戻った彼は、藤乃に話した。もちろん文の陰戸を舐めたというようなことまでは言っていない。

「千代様が、月の障りでお休みになっているときぐらい、休養なされば良いものを。それが過ぎれば、また毎晩しなければならないのですから」

「文を側室ということにして、効率よく跡継ぎを作った方が良いと思います」

「それは、そうなのですけれど……」

藤乃も、何しろ心痛が多くて困惑しているようだ。それは、家老である平左の父、新兵衛も同じであったろう。

とにかく少しでも早く男児を出産させせ、行正には隠居してもらい、赤子を次の藩主に据えなければならないのだ。行正が、実は雪姫という女であることが知れたら藩の取りつぶしは必定。それを隠すには、平左が主君の身代わりとなり子種を植え付ける役ということも秘密として通さなければならない。

その平左が千代のみならず、その侍女の文とまで親しくするのは、やはり危険なことなのだろう。

「千代様が、次にできるようになるのはいつ頃ですか」

「おそらくは、五日ばかり」

「そんなに我慢はできません。また文を抱いてはいけませんか」

「なりません」

「仕方がない。では淫気の解消は、藤乃様にお願いするしかないでしょうね」

「そ、それは構いませぬが……、では夜に……」

藤乃は、耳たぶまで染めて小さく頷いた。若い女中たちからは恐れられている、三十二歳になるこの老女も、最近は平左との情交で、すっかり熱い快感に目覚めてしまっているのだ。

「では今日は、湯は浴びぬようにお願い致します」

「なぜ」

「女の匂いが好きで堪らぬからです」

「へ、平左殿！　仮にも殿の身代わりなのですよ。痴れ者のような行ないは」

「だから、殿に扮《ふん》したときはちゃんとします。今日は平左だから、せめて好きにさせてください。でないと、殿のふりをするお務めにも支障が」

「わ、わかりました……」

藤乃は不承不承頷いた。何しろ、平左の淫気を好きなように存分に出させないと、行正のふりをしているときに妙なことをしないとも限らないのである。

「困ったお人です……」

藤乃は嘆息して言い、やがて彼の部屋を立ち去っていった。

するると入れ替わりに女中が呼びに来て、平左は、主君行正の部屋へと赴いた。

「夜毎の務めご苦労である。だが、まだ千代は懐妊せぬようだな」

行正こと、男装の雪姫が言った。

「ははっ、申し訳ございません」

「なあに、そちの責任ではない。出来るときは出来るであろう」

雪姫は言い、そっと手招いて平左を近づけた。

にじり寄ると、さらに雪姫は彼の手を握って引き寄せ、熱烈に唇を重ねてきた。

平左は、柔らかな唇とほんのり甘酸っぱい吐息を感じながら、妖しく倒錯的な興奮を湧き上がらせた。

何しろ雪姫は、藩主行正の扮装をし、髷を結い月代を剃っているのだ。まるで見目麗しい美丈夫と口吸いし、衆道の契《ちぎ》りでも結んでいる気になる。

雪姫の胸には晒がきつく巻かれ、仕草も言葉も常に男であることを義務づけられているから、全て脱がない限り女の部分は見えないのだ。

早く千代が男児を産んで藩主を継ぎ、女に戻った雪姫を見たいものだと平左は思わずにはいられなかった。

舌がからまり、生温かくほんのり甘い唾液が流れ込んできた。平左は、次第に熱く濃く弾んでくる雪姫の息を嗅ぎ、唇の感触と舌のぬめりを味わった。

「ンン……」

雪姫はうっとりと鼻を鳴らし、やがて口を離して囁いた。

「お前と、一つになりたい……」

「今しばらくは、どうかご辛抱を」

「陰戸に入れて孕《はら》むといかぬが、お尻に入れるのなら良いであろう。陰間はそのようにすると聞く」

「え……？」

どこで聞き知ったものか、雪姫に言われて平左は驚いた。確かに、それなら孕む心配もないだろうが、どちらにしろ藤乃には知られてしまうだろう。今も藤乃は、次の間から二人の行為を監視し、囁きを聞こうと耳をそばだてているに違いなかった。

「し、しかし、それは大変な痛みを伴うのではありませんか。裂けでもしたら大事です」

「ならば、藤乃に試してみるがよい。藤乃が気持ち良いと申したなら、余にもしてもらいたい」

「なるほど……」

平左は激しい好奇心を抱いた。藤乃なら、まず試してみるのに良いかもしれぬと思ったのだ。雪姫のたっての願いなら、よもや彼女も否とは言わないだろう。

「承知いたしました。まず私が藤乃様に試し、その後どのようなものかご報告いたしましょう」

平左が答えると、雪姫はもう一度長々と口吸いをし、それで名残惜しいまま、平左は主君の部屋を辞してきた。行正に扮した雪姫にも公務はあり、国許から届いた荷の決裁など目を通すべき書類が山積みなのである。

やがて平左は夕刻まで自室で休息をし、淫気を高めておいた。

そして入浴と夕餉を終えると、平左は藤乃の部屋へと赴いた。今宵も千代との伽《とぎ》は行なわれぬから、藤乃も寝るばかりだった。

部屋に入ると、すでに床が延べられ、藤乃も寝巻き姿で待機していた。

「昼間、殿と何をお話しだったのですか」

藤乃は、平左との情交に期待し、ほんのり頬と耳たぶを染めながらも、やはり雪姫との話が気になるようだった。

「また何か、良からぬ企みをなさっているのではありますまいな」

「はあ……、実は殿、雪姫様が、どうにも私と一つになりたいと仰《おつしや》り」

平左が言うと、藤乃は目を吊り上げた。

「それは、何があろうとも決してなりませぬぞ。千代様よりも先にお孕みにでもなられたら、藩の存亡に関わる一大事」

「はい。それは私も雪姫様も承知しております。ですから、交接するのは陰戸ではなく、尻の穴にとのご所望」

「な、何ということを……。そのような場所に、入るわけがございませぬ」

「しかし、陰間はそのように入れて楽しんでいるようです」

「それにしても、雪姫様のお身体に障ります。決してなりませぬぞ！」

藤乃は厳しく睨んで言った。

「そこで姫様は、まず入るものかどうか、そして心地よいものかどうか、藤乃様に試してみろと私にお命じになりました」

「な……」

言われて、藤乃は目を丸くして絶句した。そして文字通り尻込みして言った。

「そ、そのようなこと、私は御免でございます……」

「しかし雪姫様の、いや、殿のお言いつけにございます」

「そなたが、またあらぬことを吹き込んだのでしょう。全く、どうしてお二人とも私を困らせるのです……」

「とにかく、私は雪姫様にご報告せねばなりません。入らねばそれまでのこと。さあ」

平左は言いながら藤乃に迫り、自分の寝巻きを脱いでから、彼女の帯も解いた。そして寝巻きの前を開きながら彼女を押し倒し、唇を重ねていった。

「ウ……！」

まだ心を乱しながらも、藤乃は小さく呻いて力を抜いた。熟れた肉体は、すっかり平左との情交を待ち望んでいるようだ。

平左は舌を差し入れ、熱く甘い吐息を胸一杯に吸い込みながら、温かく濡れた美女の口の中を舐め回した。彼女も次第に激しく舌を蠢かせながら身悶え、下から平左にしがみついてきた。

やがて心ゆくまで藤乃の唾液と吐息を吸収すると、平左は口を離して白い首筋を舐め下り、豊かな乳房に顔を埋め込んでいった。

色づいた乳首を含み、顔中を膨らみに押しつけると、

「ああ……」

藤乃は熱く喘ぎ、うねうねと熟れ肌を波打たせはじめていった。

四

「約束通り、湯浴みはしなかったようですね。とってもいい匂い……」

平左は、左右の乳首を交互に吸い、腋の下にも顔を埋め込んで言った。

「アアッ……、は、恥ずかしい……」

藤乃は艶めかしい腋毛に鼻をこすりつけられながら、うっとりと囁いた。

腋の下には甘ったるい汗の匂いが馥郁と籠もり、平左は執拗に舌を這わせ、その濃厚に熟れた女の匂いに酔いしれた。

そのまま彼は肌を舐め下り、腰から太腿、足の先まで舌でたどっていった。足裏を舐めまわし、指の股に鼻を押しつけて悩ましい匂いを嗅いでから爪先にしゃぶりついた。

「あうう……、そ、そのような……」

藤乃は身をのけぞらせて喘いだ。平左は指の股に舌を割り込ませ、うっすらとした味わいを楽しみながら順々に貪った。

そして両足とも、味も匂いも消え去るまで舐め尽くすと、むっちりとした白く滑らかな脚の内側を舐め上げ、中心部に顔を迫らせていった。

「さあ、もっと開いて……」

「い、いけません……、早く入れて……」

藤乃は声を上ずらせ、激しい羞恥に腰をよじらせていた。舐められるのは心地よいが、やはり抵抗感の方が強く、早く挿入して欲しいのだろう。

もちろん平左は、舐めずに入れるような愚かなことだけはしない。まして今は行正ではなく、平左本人なのである。

平左は内腿を舐め上げ、陰戸に鼻先を寄せた。黒々とした艶のある茂みが彼の息に震え、割れ目からはみ出す陰唇はねっとりとした大量の淫水に潤っていた。

彼は茂みに鼻を埋め込み、馥郁と籠もる熟れた女の匂いを嗅いだ。汗の匂いと残尿、蒸れた体臭は、やはり平左の最初の女、藤乃の匂いだった。

舌を這わせると、柔らかな陰唇と生温かな蜜汁が舌を迎えた。

「ああ……」

藤乃が顔をのけぞらせて喘ぎ、量感ある内腿できゅっと彼の顔を締め付けてきた。

平左は膣口を舐め回し、上唇で包皮を剥きながら、露出したオサネに吸い付いた。

さらに両脚を浮かせ、白く豊満な尻の谷間にも鼻を埋め込んでいった。双丘に鼻がぴったりと密着し、顔中に張りのある丸みが当たって弾んだ。

可憐な薄桃色の肛門には秘めやかな匂いが悩ましく籠もり、平左は何度も深呼吸して美女の恥ずかしい匂いを嗅いだ。そして、これからここを犯すと思うと愛《いと》しくて、細かな襞の震える蕾《つぼみ》を念入りに舐め回した。

「ヒッ……！　そ、そこは、駄目……」

藤乃は両手で顔を覆い、息を呑んで口走った。

平左は念入りに舐め、舌先を押し込んでぬるっとした滑らかな粘膜まで味わった。

鼻先の割れ目からは新たな淫水が溢れ、それを舐めながら何度も肛門とオサネを舌で往復した。

いつもの事ながら、女の股に顔を埋めて味と匂いを貪っているときの幸福感は、他に例えようがなかった。

藤乃は、息も絶えだえになって身悶え、挿入だけを待ち望んでいるようだ。

その前に平左は身を起こし、彼女の胸を跨いで豊乳の間で一物を揉んだ。さらに腰を進め、先端を藤乃の口に押しつけた。

「さあ、入れるので舐めて濡らしてください……」

「ク……」

言いながら含ませると、藤乃も丸く口を開いて亀頭をくわえた。熱い息が彼の股間をくすぐり、内部では舌がからみついて、たちまち肉棒は温かな唾液にどっぷりとまみれた。

平左も充分に高まったので、すぐに彼女の口から引き抜いて股間に戻った。そして本手（正常位）で一気に陰戸に挿入していった。

「アアーッ……！」

ぬるぬるっと根元まで深々と押し込むと、藤乃が身を弓なりに反らせて喘ぎ、熱く濡れた柔肉をきゅっと締め付けてきた。

平左も心地よい摩擦を味わいながら股間を押しつけ、身を重ねていった。すぐに彼女も下から激しくしがみついてくる。藤乃は、今にも気を遣りそうなほど喘ぎ、待ちきれずにずんずんと股間を突き上げてきた。

彼もそれに合わせて腰を突き動かし、豊満な熟れ肌に身を預けながら高まっていった。

大量に溢れる淫水は布団にまで染み込みはじめ、藤乃は今にも昇り詰めそうなほど喘いでいた。

しかし、平左は今の快感よりも未知への好奇心の方が大きかった。

股間を密着させたまま身を起こし、藤乃の両脚を浮かせていった。そして一物を引き抜き、陰戸のすぐ下でつぼまっている肛門に先端を押し当てた。

「ど、どうか、それは堪忍……」

「無理なら止めますので」

藤乃が快感を中断され、さらに不安げに言ったが、平左は答えながらぐいっと力を入れて腰を押し進めていった。さっき舐めたときの唾液と、上から滴る淫水のぬめりに、肛門は充分に潤っていた。そこへ、蜜汁に濡れて張りつめた亀頭が押しつけられると、思っていたよりもずっと容易に丸く開いた。

油断し、息を吐ききっていたのだろう。それに潤いもあったので、一気に亀頭がぬるっと潜り込んでしまったのだ。

「あう……！」

藤乃が呻き、まるで破瓜《はか》の痛みを味わっているかのように眉をひそめた。

しかし、彼がさらに腰を押しつけていくと、最も太い雁首までが入っているから、あとは滑らかにずぶずぶと挿入することが出来た。

「や、やめて……、裂ける……」

「もう入ってしまいました」

平左は言いながら、陰戸とは全く違った感覚を味わっていた。さすがに入り口の締まりは良く、内部は膣内ほどのぬめりや温もりはないが案外滑らかだった。

様子を探るように小刻みに律動してみると、妖しい摩擦快感が伝わってきた。

「く……、うう……」

しかし藤乃の方は、呼吸さえままならないほど激痛に悶えているようだ。

(これは、やはり雪姫様には無理か。指ぐらいで勘弁してもらおう……)

平左は判断を下し、それでも動くうちに藤乃も次第に力の抜き方に慣れてきたか、律動が滑らかになっていった。

たちまち平左は快感の怒濤に巻き込まれ、その時ばかりは気遣いも忘れてずんずんと腰を突き動かしてしまった。

「く……! い、いく……!」

快感に呻きながら、平左はありったけの熱い精汁をどくどくと注入した。

内部に満ちる精汁のぬめりに、動きはさらに楽になった。しかし藤乃は、もう半分失神したようにぐったりとなっていた。

とにかく最後の一滴まで放出した平左は、ようやく動きを止めて余韻を味わった。

大年増の藤乃の、最後に残った生娘の部分を征服したのだ。やはり肉体の得た快感よりも、常ならぬ場所に入れたという精神的な充足感の方が大きいようだった。

やがて満足した平左は、ぬめりに合わせてゆっくりと引き抜いていった。

「う……」

藤乃が顔をしかめ、排泄するようにもぐもぐと収縮させた。

そしてつるっと抜け落ちると、平左は懐紙で一物を拭い、藤乃の肛門を観察した。

可憐な蕾は襞を押し広げて中の粘膜を覗かせ、それでも徐々につぼまって元の可憐な形状に戻っていった。襞は、やや枇杷《びわ》の先のようにお肉を盛り上げているが、幸いにも裂けたような様子はなかった。

「大丈夫ですか。どんな感じですか」

「も、もう二度と、御免です……」

藤乃は答え、不機嫌そうに顔をそむけた。そして、まだ内部に異物感が残っているように身を強ばらせていた。

「早く、洗っていらっしゃい……。このようなこと、決して雪姫様には……」

「ええ、わかりました」

言われて頷くと、平左は寝巻きを羽織り、立ち上がって藤乃の部屋を出て行った。

五

「こ、これは、殿……！」

廊下で、いきなり行き合った文が、驚いて平伏した。平左は、藤乃との情交を終えて湯殿へ行く途中だったのだ。肛門に入れたのだから、早く洗った方が良いだろう。

「おお、文か。今宵は蒸し暑いのでな、湯殿へ行くところなのだ」

「お一人でございますか……」

文は驚いたようだ。完全に平左を行正と思い込み、藩主が夜に一人で廊下を歩いていることが信じられないようだった。

「ああ、余は一人で勝手に歩き回るのでな、よく新兵衛に叱られる」

平左は、父である家老の名を出して笑った。

「ならば、私がお背中を」

「奥はどうしている」

「もうお休みになりました」

「そうか。ならば頼もうか」

平左が言って歩きはじめると、文は急いで手燭《てしょく》を持って先に湯殿に入って灯りを付けておいた。彼女は、千代が寝たので厠《かわや》にでも立ったところだったのだろう。

平左は寝巻きを脱いで湯殿に入り、木の椅子に座った。すぐに文が、すっかりぬるくなった湯を浴びせてくれた。

もう初夏なので、ぬるい湯が心地よかった。

「文も脱ぐがよい」

言うと、裾を端折っていた文も素直に寝巻きを脱いで、全裸になった。平左は一人で手早く股間を洗った。汚れの付着などはないが、念のため中も洗い流すためそっと放尿もしておいた。

「文は、尻の穴に入れられたことはあるか」

「はい。ございます」

驚きもせず、文は糠《ぬか》袋で彼の背をこすりながら答えた。

「そうか。それも、くながい番の訓練のうちか。で、気持ち良いものか」

「いいえ、中には良いと言う女もおりますが、私はあまり」

「やはり、心地よいのは入れる男の側だけか」

「ただ、痛くても好きな男のものを受け入れるということが、心地よく感じることはあるでしょうし、そのうちに感覚そのものも心地よくなるのでしょう」

「なるほど……」

「私にお試しになりますか。それでしたらご存分に」

文が健気に言った。

「いや、それよりも、別のことを頼みたい」

しかし平左は、話を変えた。肛門に入れることは、もう藤乃で試したから良いし、いきなり雪姫にしない方が良いことも分かった。それよりは、もっと試したいことが山ほどあるのだ。

「何でございましょう」

文が言って糠袋を置き、ぬるま湯を浴びせてきた。

平左は、そのまま簀子《すのこ》に仰向けになってしまった。

「ゆばりを出してみて欲しい。どのような心地がするものか」

「え……？」

平左の言葉に、文はびくりと身を強ばらせた。

「さあ、顔を跨いでくれ」

「そ、それはなりません。私にされるならともかく……」

「経験はしているであろう。また、そうした城主がいることも想定の上のはず」

平左は言いながら彼女の手を握って引っ張り、強引に顔を跨がせてしまった。

「ああ……、困ります……」

文は跨いでしまったものの、がくがくと膝を震わせてか細く言った。

見上げる文の股間は、厠の真下からの眺めそのものだ。ぷっくりと丸みを帯びた割れ目から、桃色の花びらがはみ出し、まだ濡れてはいないが悩ましく生ぬるい匂いが馥郁と漂っていた。

「さあ、出るときに言ってくれよ」

「お、お風邪を召します……」

「だから、早く出して終わりにしよう」

平左は言い、文の腰を抱き寄せて舌を伸ばした。柔らかな若草に鼻を埋め、艶めかしい匂いを吸収しながら、陰唇の内側に舌を差し入れていった。

うっすらとしょっぱいのは、まだ淫水が溢れておらず、汗と残尿の成分があるからなのだろう。それでも舐めているうち、次第に淡い酸味の蜜汁が滲んできた。

「アア……、ほ、本当によろしゅうございますか……」

「ああ、構わぬ」

答え、平左は下からオサネを舐め、さらに可憐な匂いのする肛門にも舌を這わせた。

次第に文の下腹がひくひくと波打ち、陰唇の奥の柔肉が迫り出すように蠢いた。

かなり息を詰めて力を入れ、必死に尿意を高めようとしているようだが、まだためらいがあって、なかなか尿口がゆるまないようだった。

もし平左が藩主ではなく、家老の次男とはいえ一人の藩士に過ぎないと分かれば、すぐに出るのだろうか。もちろんそれは決して明かせないことである。

それでも、ようやく限界に達したようだった。

「で、出ます……。ああ……」

文が言うなり、迫り出した柔肉からちょろっと水流が漏れてきた。それはみるみる一条の流れとなり、ゆるゆると彼の顔に注がれてきた。

それは温かく、ほのかな香りを揺らめかせながら平左の頬から首筋を濡らしてきた。

舌を伸ばして流れを受け止めると、淡く上品な匂いと味わいが口の中に広がってきた。

それは驚くほど抵抗なく、喉を通過するものだった。

平左は舌で舐めて味わい、さらに割れ目に口を付けてすすってみた。文も、かなり力を制御し、彼が咳《せ》き込まないよう注意しながら放っているのだろう。

「もう、終わりです……」

文が言い、ぷるんと内腿と下腹を震わせた。実際、あまり溜まっていなかったようだ。

平左は残り香を味わいながら、びしょびしょに濡れた割れ目を念入りに舐め回した。余りの雫がぽたぽたと滴り、それらを吸い取ると、たちまち新たに溢れた蜜汁が、淡い酸味を含んでねっとりと満ちてきた。

「あう！」

オサネを舐められるたび、文は喘いで、力が脱けた拍子に何度もぎゅっと座り込みそうになるのを懸命に堪えて踏ん張っていた。

平左は、文の匂いに包まれて舐めながら、すっかりはち切れそうに回復していた。

「余のも、飲んでくれ……」

平左は仰向けのまま言い、彼女の身体を反転させた。

文も、彼の顔に割れ目を押しつけたまま向きを変え、女上位の二つ巴で屈み込み、屹立した強ばりにしゃぶりついてくれた。

たちまち快感の中心は、文の温かく濡れた口腔に根元まで包み込まれた。

文は喉の奥まで呑み込み、根元を丸く口で締め付けながら舌を蠢かせ、熱い鼻息でふぐりをくすぐってきた。

「ああ……」

平左は快感に喘ぎ、彼女の口の中で唾液にまみれた肉棒を震わせた。

さすがに、文のしゃぶり方が最も巧みだった。唇の締め付けと吸引、舌の蠢きから吐く息までが、全て快感のために駆使されているようだった。さらにしなやかな細い指が付け根やふぐりにも微妙に触れ、たちまち平左は高まっていった。

そして彼も絶頂を迫らせながら下から文の腰を抱き、割れ目と肛門に激しく舌を這い回らせ、溢れる淫水をすすった。

「ク……、ンンッ……！」

文は含んだまま熱く呻き、反射的にちゅっと強く亀頭を吸った。さらに顔全体を上下させ、すぽすぽと濃厚な摩擦運動を繰り返してきたのである。

平左も下から股間を突き上げ、まるで文の口と交接しているように動いた。先端が、ぬるっとした喉の奥の肉に触れても文は咳き込まず、むしろ温かな唾液をたっぷりと分泌させて愛撫し続けた。

「く……！」

たちまち平左は快感の渦に巻き込まれ、熱い精汁を勢いよくほとばしらせながら文の割れ目に顔を埋め込んだ。

文は喉を直撃されながらも愛撫を止めず、むしろ吸引を強めてきた。吸い付かれると精汁の脈打つ調子が無視され、何やら直接ふぐりから吸い出されているような気分になり、それは身をよじるほどの快感となった。

「アア……、文……」

平左は悶えながら身を硬直させ、とうとう最後の一滴まで吸い取られてしまった。

出し切って力を抜くと、文も口に溜まった分を飲み込み、亀頭を含んだままごくりと喉を鳴らした。

さらに濡れた鈴口を丁寧に舐め回されると、平左は射精直後で過敏になった一物をひくひくと震わせ、やがてぐったりとなりながら、文の陰戸を見上げて余韻に浸った。

「ご無礼いたしました……」

ずっと跨いだままだったので、文は彼が満足げに身を投げ出すと、すぐに顔の上から身を引いて言った。そして平左がのろのろと身を起こして湯桶に寄りかかると、文は湯で彼の身体を流し、口をすすがせた。

「良かったぞ、文……」

「いいえ、少しでもお役に立てれば嬉しいですが……、まだ身体が震えております……」

文が、本当に声を震わせて言った。さすがに主君の口に放尿したのだから、しばらくは動揺も治まらないかも知れない。

「明日からも、奥が回復するまで毎晩相手をしてくれるか」

「はい……、どのようなことでも何なりと……」

文が答え、平左も満足げに頷いた。

やがて冷えないうちに湯殿を出ると、文が甲斐甲斐しく身体を拭いてくれた。そして平左は文と別れて自分の部屋に戻り、ようやく床に就いた。

淫気を抱き精汁を放つのが役職とはいえ、千代一人だけを相手にするのでは足りない。やはり熟れた藤乃も必要だし、大胆に熱い思いを寄せてくる主君行正こと雪姫も大いなる魅力だ。

そして千代の侍女として当家に来た文の、情交に関する多くの知識と技も、平左には得難いものとなった。

口も肛門も、どこに放っても実に心地よいものだが、やはり懐妊を目的としているだけに、千代にのみは通常の交接しかできない。そして雪姫には交接もできないので、他の部分への淫気は藤乃と文に受け止めてもらうしかなかった。

（さあ、明日からも頑張らねば……）

平左は思い、明日は誰とどのようにしたものかと考えながら眠りに就くのだった。

第四章　はじらい開帳

一

「ねえ、藤乃様。どうせ千代様が月の障《さわ》りで抱けない間は、他の側室と情交したいと思うのですが。跡継ぎ候補は多いに越したことはないでしょう」

平左は、侍女の藤乃に提案した。

とにかく平左の役目は、主君行正に成り代わり、正室の千代や、その他の家中の女性を孕《はら》ませ、跡継ぎを作ることなのである。跡継ぎは、何も正室の子でなければいけないということもないし、生まれてしまえば平左の役目も終わってしまうのだから、せめてそれまで主君の代わりに、より多くの女性を味わいたかったのだ。

それに、どうせ主君の種でないことには違いないのだから、どの赤子を世継ぎに据《す》えようとも同じ事なのである。

それでも、武家というのはややこしく面倒な手続きが要るから、平左は主君のふりをして、女中にもそう思い込ませた上で抱かなければならないのだった。

「まあ、どなたか目に止めたものがいるのですか」

藤乃は、咎《とが》める色も見せずに言った。

何しろ跡継ぎができれば、藤乃も重荷から解放されるのである。しかし今は、この淫気のかたまりのような平左に主君の代わりを務めさせて、それを監督するという大役があるのだ。

それから早く解放されるには、千代の懐妊と無事の出産しかなく、それがお家の安泰にも繋がるのである。あるいは千代でなく、他の女でも同じ事だった。

「はあ、最近賄《まかな》い方に入ったばかりの、おさと」

平左は答えた。

さとは、当藩に出入りしている呉服屋の娘で、今は行儀見習いと称して女中奉公に入っていた。小町と呼ばれた器量よしで、年は十六。平左と同じである。

通常、商家の娘が大藩の屋敷に奉公する場合は、行儀見習いや家業の縁をつなぐ役目以上に、藩主の手が付くことを望んでいるのだった。うまくすれば種を宿し、それが跡継ぎにでもなれば家の安泰と繁栄は間違いなしだ。

平左が、主君行正のふりをするのは夜だけだから、昼間は本来の家老の次男坊に戻り、気ままに邸内や町を歩くことができる。もっとも素顔の平左で、千代や、その侍女である文に会うわけにはいかない。主君が偽物であることが知れてしまうからだ。

要は、それさえ気をつければ比較的自由なのだった。

そんな折り、平左は厨《くりや》で働いているさとを見初《みそ》めたのだった。

藩主の目に止まって欲しいという親の思惑とは別に、さとは控えめで躾《しつけ》正しく、本当に可憐な少女だった。

もちろん平左は声もかけず、顔も合わせておらず遠くから見ただけだった。それは、素顔の自分ではなく、主君として夜に会おうという計画が、そのとき一瞬にして芽生えたからである。

それに武家以外の、商家の女にも激しい好奇心が湧いた。

それで今日、藤乃に提案したのである。正室の千代も、あと数日は月の障りで抱くことも適《かな》わない時期だった。

「なるほど、おさとですか……」

藤乃は言い、さすがに邸内のことには全て目を光らせているだけに、さとを知っているように頷いた。

「確かに良い娘です。仮にお世継ぎの母となっても、申し分ないでしょう」

「そうですか。ならば早速今夜にでも」

平左は勢い込んで言った。

もちろん、さとが懐妊して無事に出産すれば側室となるので、さとは家臣の誰かの養女となる。それでも実家との縁も切れないから、さとの親にしてみれば金も地位も名誉も得られるだろう。

主君でもない自分が見初めた娘を抱いて、多くの人が潤うというのも複雑な気分であるが、平左を動かしているのは、ただ淫気あるのみだった。

「しかし、どうかくれぐれも無体な振る舞いは慎んでいただきますよ」

「ええ、それはもちろん」

答えながらも、平左は早くもさとに、あれもしようこれもしようと思いを馳《は》せながら股間を熱くしていた。

「実は私は、今日これから法要で谷中へ行かねばならぬのです。そのまま親族と過ごし、帰りは明日の昼過ぎになりましょう。私がいないからといって、どうか気ままな振る舞いだけは」

「そうなのですか。承知いたしました。どうかごゆるりとお過ごしくださいませ」

平左は、内心で快哉《かいさい》を叫びながら言った。

いつも寝室を覗いて監視している藤乃がいないなら、充分に羽根を伸ばせる。それに文も今夜は千代に付ききりだろう。他の女中は一切来ない。なぜならば、平左が主君の代わりを務めるからくりを知っている侍女は、藤乃だけなのである。

「どうにも心配ですが、では私がさとに寝所へ行くよう声をかけておきましょう」

「あの、ならばついでに一つ」

「何です」

「さとに、湯浴みはせぬまま来いと申し伝えてくださいませんか」

「また、そのようなことを……!」

言うと、藤乃が嘆息した。

「どうにも自然の匂いがないと、燃えないのです。交接に支障を来たせば、ゆくゆくはお家の大事にも」

「ああ、承知しました。厳重な調査をしたあとですから、病気もありますまい」

藤乃は、不承不承頷き、平左の言うことを聞いてくれるようだった。

やがて藤乃は上屋敷を出てゆき、入浴と夕餉《ゆうげ》が済み、平左は主君行正のふりをして寝所にて待った。

間もなく、さとが恐る恐る入ってきた。藤乃が、約束通り出がけに言い含めておき、すでに覚悟もできているようだった。

「さとと申します……」

女中に案内されたさとが、襖の向こうで平伏した。女中はそのまま戻っていった。

「ああ、来たか。入れ」

主君に成りきった平左が言うと、さとは物静かに中に入り、再び座ってそっと襖を閉めた。そしてもう一度、深々と頭を下げた。

さすがに緊張して頬が強《こわ》ばり、色白の肌は青白くさえ見えた。

しかし、美形である。気品は武家にも劣らず、仕草も優雅だった。それだけ裕福な家で多くの習い事もしてきたのだろう。だが我儘《わがまま》そうな様子は見当たらず、潤んだ眼差《まなざ》しも小さな唇も、弱々しげな鼻筋も人形のように儚《はかな》げだった。

「近《ちこ》う」

手招きして言うと、さとは顔を伏せたままにじり寄ってきた。白い寝巻きに、島田に結った髪はそのまま、当然ながら簪《かんざし》など一切の光り物はつけていなかった。

「もっと近う、これへ」

すでに横になっている平左は激しく興奮しながら、布団の場所を空けて添い寝させた。

さとも、言われるままそっと横たわった。微《わず》かに息が震え、どうして良いか分からぬ風情だった。

「何をするため呼ばれたか分かるか。言うてみよ」

平左は、優しく囁きかけた。

「は、はい……、お情けをちょうだいに……」

鈴が転がるように、可憐な声だ。眉にも眼差しにも武家娘のような強さが感じられず、また怯《おび》えたような様子が何とも欲情をそそった。

それにしても良い気分だ。主君のふりをし、跡継ぎが出来ぬうちは、こうして家中で見かけた美女をどんどん手に入れることができるのである。

もちろん藩の行く末のためという名目もあるし、使命感もあるが、やはり有り余る淫気が解消されるのは大きな悦びであった。

しかしこれが実際の藩主であったならば、これほどの悦びは得られないだろう。

「何をするか、承知しているのだな。したことはあるのか」

「い、いいえ……、どのようにするのかは、手習いの仲間から聞きましたが、したことは、まだ……」

どうやら正真正銘の生娘《きむすめ》のようだ。

「おさと。そなたほどの美形ならば、多くの嫁入り話もあったであろうに」

「はい。ないではありませんでしたが、父が、そこらの町家のものよりも、大身《たいしん》のお武家に見初《みそ》められる方が幸せになれると」

「なるほど。それで父の言いつけを守ったのか。ならば、今からは余の言いつけを守るようにな」

「はい。何なりとお申し付けくださいませ」

さとは健気《けなげ》に答え、平左も会話を止めて顔を寄せていった。

まずは指で、ぷっくりした小さな唇に触れ、僅かにめくってみた。ぬらりと光沢のある白い綺麗な前歯が覗いた。さとは、緊張に息を震わせながら神妙にじっとし、されるままになっていた。

やがて指を離し、平左はぴったりとさとに唇を重ねていった。

柔らかな弾力が伝わり、果実のように甘酸っぱい息が鼻腔をくすぐってきた。

舌を差し入れ、歯並びをたどるうち、ようやくさとの前歯も開かれてきた。中はさらに濃厚な芳香が満ちていた。別に香を含んでいるわけではなく、これが美少女の自然のままの匂いなのだ。

彼は舌を差し入れて、さとの舌を舐め回し、ほんのり甘く温かな唾液を貪った。そして執拗に舌をからめながら、彼女の帯を解き、寝巻きの前を開いて胸に手を這わせはじめていった。

「ンン……」

じっと我慢していたが、とうとう耐えきれなくなってさとが熱く呻いた。

肌は実に瑞々《みずみず》しく滑らかで、乳房も初々しい張りに満ちていた。

平左は、心ゆくまで美少女の唾液と吐息を吸収してから、ようやく口を離し、白い首筋を舐め下り、生娘の乳房へと這い降りていった。

二

「ああ……、お……、お殿様……」

平左がちゅっと乳首を含むと、さとが可愛い声で喘《あえ》ぎ、必死にしがみついてきた。

まだ快感よりも、くすぐったい感じの方が強いようだ。それに、初めて胸を見られた羞恥もあるだろう。

彼は張りのある膨らみに顔を埋め、ちろちろと舌で乳首を転がしながらもう片方にも指を這わせた。乳首は初々しい薄桃色で、乳輪は光沢さえあるほど張りつめていた。

そして藤乃は約束を守ってくれたようで、さとの胸元や腋からは、何とも甘ったるい汗の匂いが可愛らしく漂っていた。当然ながら、一日中甲斐甲斐しく働き回り、まだ入浴していないのだ。

この匂いを味わわない男がいたとしたら、それはとびきりの痴《し》れ者である。

平左は、もう片方の乳首まで充分に舐め回してから、さとの腋の下に顔を埋め、ちょうど腕枕される形になった。

腋の下はじっとりと汗ばんで、胸の底が切なくなるほど甘ったるい汗の匂いに満ち、うっすらとした腋毛が、産毛と紛《まご》うばかりに楚々と煙っていた。平左は鼻をこすりつけ、舌を這わせた。そして美少女の肌を撫で回し、完全に寝巻きを開いて、下腹にも指を這わせていった。

手探りで若草を掻き分け、ふっくらとした丘を撫でた。

「アア……、お、お手が汚れます……」

さとが、羞恥と恐縮に肌を強ばらせ、か細い声で言った。

平左は構わず、腕枕された形のまま、指先を割れ目に沿って下ろしていった。まだ濡れた感触はないが、自分でいじった経験ぐらいはあるだろう。

「町人の間では、女のここを何と呼ぶのだ？」

平左は、美少女の甘ったるい体臭に包まれ、割れ目を優しくいじりながら言った。

「そ、そこは、あの……」

「言うてみよ」

「はい。お、おまんこと申します……」

さとが、何とも恥じらいある可憐な声で答えた。同時に、腋からもさらに濃厚な体臭が馥郁と揺らめいてきた。

「なるほど、饅頭のように膨らみがあるからそう呼ぶのか」

もちろん平左は、女性器の俗な呼び方ぐらい春本で知っているが、美少女の声で聞きたかったのだ。

「では、おさと。おまんこを舐めてくださいと申してみよ」

「え……！　そ、そのようなこと……」

「言われてみたいし、舐めてもみたいのだ」

「しかし、私は、藤乃様のお言いつけ通り湯殿には……、第一、そこはお殿様がお舐めになるような場所では……」

混乱と羞恥に、さとは激しく身じろぎ、ようやく割れ目に這う平左の指も次第にぬらぬらと動きが滑らかになってきた。

「良いから、とにかく申してみよ」

促すと、さとはもう拒むことはできず、とうとう口を開いた。

「お……、おまんこを、舐めてくださいませ……。アアッ……!」

さとは、自分の言葉に激しく身悶え、うねうねと悩ましく腰をよじった。

「よしよし、良く言ったぞ」

平左は身を起こし、自分も寝巻きを脱ぎ去って全裸になり、さとの身体を見下ろした。

乳房は、大きすぎず小さすぎず、実に形良かった。腹部の張りもくびれも均整が取れ、豊満な腰の線が何とも艶めかしかった。

まさに、生娘ならではの健康美であろう。

もちろん股間に顔を埋める前に、平左は足が舐めたかったので、まずはさとの爪先に屈《かが》み込んだ。

いつも覗いている藤乃がいないというのは、実に気が楽だった。

足首を持って浮かせ、さとの足裏に口を押し当てた。そして舐め回しながら、縮こまった指の股に鼻を押しつけた。

「ああッ……! な、何をなさいます……」

さとがびくりと肌を凍り付かせ、驚いたように声を震わせた。話に聞いている、挿入される痛みへの不安はあっても、まさか大藩の藩主が町家の娘の足裏を舐めるなどとは夢にも思っていなかっただろう。

「よい。じっとしておれ。さとがあまりに可愛いから、隅々まで食べてしまいたいだけだ」

平左は言い、指の股に籠もる馥郁たる匂いを嗅ぎ、汗と脂に湿った爪先にしゃぶりついていった。

「アアーッ……！」

さとは、どうして良いか分からず、ただ身を強ばらせて喘ぐばかりであった。

平左は構わず、全ての指の股に順々にぬるっと舌を割り込ませ、ほんのりしょっぱい味わいを楽しんだ。可憐な光沢を放つ桜色の爪も噛み、もう片方の足も同じように念入りに味わった。

いつしかさとはぐったりと身を投げ出し、まるで魂を吹き飛ばされたように、ぴくりとも動かなくなってしまった。あまりに想像や常識を超えた行為に、すっかり心の殻を閉ざしてしまったようだった。

平左は彼女の脚を開かせて腹這いになり、その中心部に顔を迫らせていった。

白くむっちりとした内腿を舐め、股間を見ると、ぷっくり膨らんだ処女の丘に、ほんのひとつまみほどの若草が、何とも柔らかそうに煙っていた。

肉づきの良い割れ目は、まさに二つの饅頭を横に並べて押しつぶしたように、ふっくらとした丸みがあり、間からは綺麗な薄桃色の花びらがはみ出していた。

指を当ててそれを左右に広げると、奥の柔肉が丸見えになった。

襞に囲まれた陰戸の穴、注意しないと確認できないほど小さな尿口、包皮を押し上げるように突き立った、光沢あるオサネなどが見えた。どれも、細かな違いはあるが、武家の娘も町人も大まかには何の変わりもないものだと思った。

近々と見られているだけで、さとは息を詰め、小刻みに内腿を震わせていた。もちろん見られるのは、生まれて初めてであろう。

平左は堪らず、とうとうさとの股間にぎゅっと顔を埋め込み、柔らかな茂みに鼻をこすりつけた。

「ああッ……！」

さとは声を上げ、思わず反射的に内腿を締め付けてきた。

平左は、もがく腰を両手で押さえつけ、生娘の割れ目に舌を這わせはじめた。

張りのある陰唇を舐め、徐々に内側へと差し入れ、柔肉を舐め回した。僅かな湿り気はあるが、さすがに緊張と羞恥に、淫水が溢れているというほどではない。

無垢《むく》な陰戸を舐め、細かな襞をくちゅくちゅと探った。そしてゆっくりと、小さなオサ

ネまで舐め上げていくと、

「く……！」

さとが息を詰め、びくっと激しく肌を硬直させた。

やはり誰も、この小さな突起が最も感じるように出来ているのだった。

平左は舌先で優しく舐め、上唇で包皮を剥《む》き、次第に調子をつけてちろちろと小刻みに刺激しはじめた。

「あ……、ああ……、お、お殿様……」

さとが声を上ずらせ、次第にじっとしていられなくなったように、くねくねと腰をよじらせはじめた。そして割れ目の内側いっぱいに、いつしか幼い蜜汁を溢れさせてきたのだった。

平左は、顔を締め付ける内腿の感触と、美少女の匂い、そして淡い酸味を含んだ淫水の味覚と柔肉の舌触りに酔いしれ、いつまでもこうしていたい気持ちになった。

しかし、さとの方は懸命に避けようと腰をよじり、それ以上の刺激から逃れようと身悶えた。平左は、その動きに合わせて彼女の腰を浮かせ、巧みに白く丸い尻の谷間へと鼻先を潜《もぐ》り込ませていった。

柔らかく張りのある双丘を開くと、可憐な薄桃色の肛門がひっそりと閉じられ、鼻を埋めると秘めやかな微香が鼻をくすぐってきた。美少女のものと思うと、何と愛《いと》しい芳香であろう。

平左は舌先で、細かに震える襞を舐め回し、充分に濡らしてから舌先を潜り込ませた。

「あう……！　い、いけません……！」

さとは驚いたように声を上げ、それでも肛門に舌を入れられただけで、全ての動きを封じられてしまったかのように全身を凍り付かせていた。

平左は、執拗に美少女の蕾《つぼみ》を愛撫し、舌を出し入れするように動かしながら、内部のぬるっとした粘膜を味わった。ほのかな味や匂いも心地よいが、それ以上に畏《おそ》れ多く感じて身悶えるさとの反応に興奮した。

通常の商家に嫁《とつ》いだとしても、亭主はここまで舐めてくれないかもしれない。それを、あろうことか大藩の藩主が、執拗に舐め回しているのである。

やがて平左は充分に味わい尽くしてから、再び彼女の割れ目に舌を戻し、新たに溢れた蜜汁をすすり、オサネに吸い付いていった。

「あうう……、どうか、もうご勘弁を……」

さとは必死に声を上ずらせて哀願し、ひくひくと下腹を波打たせた。

あるいは、すでに気を遣《や》る波が断続的に押し寄せているのかもしれない。

なおも平左がオサネを舐め上げ続けていると、

「アアッ……！　堪忍……」

さとは身を弓なりに反らせ、あとは声もなく狂おしく身をよじるばかりだった。

やがて彼女は硬直を解いてぐったりとなり、失神したように動かなくなってしまった。

生娘には、刺激が強すぎたのかもしれない。まして相手が藩主となると、その緊張も並大抵ではなかっただろう。

平左は彼女の股間から這い出し、添い寝しながら自分の一物を露出していった。

三

「さあ、今度はそなたの番だ……。余のこれを可愛がってくれ……」

平左はさとの呼吸が整うのを待ち、そっと彼女の手を取って肉棒に導きながら囁いた。

「あ……」

触れると、さとは小さく声を洩らした。

それでも、いったん握ってしまうと好奇心が湧いたか、ほんのり汗ばんだ柔らかな手のひらに包み込み、にぎにぎと優しく動かしてくれた。

「ああ……、良い心地だ……」

平左はうっとりと言いながら身を投げ出し、そろそろと、さとの顔をそちらへと押しやっていった。彼女も心得たように、身を起こして一物に顔を近づけた。

彼女の、熱く震える呼吸が、心地よく彼の股間をくすぐってきた。

平左は、もう彼女にいちいち愛撫を要求することなく、美少女の無垢《むく》な愛撫に身を任せることにした。

さとも、何かしらしなければならぬと思っているだろう。それを、どのようにして良いのか迷いながら、指を動かしてくる様子が何とも可憐だった。彼女は、両手で押し包むように一物を挟み、もどかしいほど優しく動かした。

「このような動きで、よろしゅうございますか……」

まだ緊張を隠しきれず、さとが小さく言いながら肉棒を揉んだ。それに、オサネを舐められて気を遣ってしまった衝撃からも、まだ立ち直っていないように息が弾み、全身もぼうっとなったままのようだった。

それでも、男の一物を見たり触れたりするのも初めてなのだろう。さとの無垢な眼差しや動きの中にも、そこはかとない好奇心が感じられて心地よかった。

「このように……」

平左は快感と興奮を高めながら言い、そっとさとの顔を一物へと屈《かが》み込ませた。さとも、何しろ自分も舐められたのだから抵抗なく、素直に顔を寄せ、張りつめた先端に可憐な唇を触れさせてきた。

いったん触れてしまうと度胸もつき、抵抗感も吹き飛んでしまったように、さとは次第にちろちろと亀頭を舐め回し、とうとうすっぽりと喉の奥まで呑み込んでくれた。

「ああ……、良い気持ちだ……」

平左が言うと、さとはさらに奉仕するように、歯を当てぬようもぐもぐと唇を動かし、内部ではくちゅくちゅと激しく舌をからめながら吸い付いてきた。

たちまち肉棒全体は、美少女の温かく清らかな唾液にまみれ、最大限に高まってきた。

熱い息が恥毛をそよがせ、唾液に濡れた無垢な口が丸く幹を締め付けている。それは決して嫌々ではなく、稚拙《ちせつ》な愛撫ながら、少しでも悦んでもらうようにという健気さが伝わってきた。

このまま神聖な口に放出してしまい、飲んでもらうのも良いものだが、ここはやはり初物を頂き、少しでも早く痛みを超え、快感を覚えてもらう方が先決であろう。

やがて充分に唾液に濡らしてもらい、じわじわと絶頂が迫ってくる頃、ようやく平左はさとの口を引き離した。

「さあ、上から交接してみてくれ」

「ま、跨《また》いでも、よろしいのでございますか……」

「ああ、余はそれが好きなのだ」

言うと、さとは身を起こし、そろそろと彼の股間に跨《また》がってきた。上から跨ぐのは畏れ多いが、それ以上に、命に背くわけにいかないのである。

腰を浮かせたまま、彼女はぎこちなく陰戸を先端にあてがってきた。平左も指を添えて手助けし、位置を定めてやった。

すると彼女は、意を決したように口を引き締め、ゆっくりと腰を沈み込ませてきた。

張りつめた亀頭が、ぬるっと生娘の陰戸を丸く押し広げ、深々と潜り込んでいった。

「あうう……」

貫かれ、さとは眉をひそめて呻いた。

しかし途中で止めることなく、懸命に座り込み、とうとう根元まで受け入れながらぴったりと股間を密着させてきた。

何という心地よさだろう。入ってゆくときの摩擦快感もさることながら、中は燃えるように熱く、今までの誰よりも陰戸はきつく狭かった。動かなくても、奥から彼女の若々しい躍動が、どくどくと一物の先端に伝わってくるようだった。収縮と締め付けが肉棒を刺激し、吸い付くような柔襞の感触が最高であった。

さとは、少しでも動くと激痛が走るのだろうか。ぺたりと座り込んだまま顔をのけぞらせ、ただじっと息を詰めて身を強ばらせているだけだった。

平左は下から股間を突き上げながら、そっと彼女の身体を抱き寄せた。

さとも、そろそろと遠慮がちに身を重ねてきた。

彼は抱きすくめ、潜り込むようにして乳首を吸い、あるいは唇を重ねさせた。

先ほど気を遣ったときの淫水がまだ残り、次第に調子をつけて腰を突き上げても動きは滑らかだった。

「ああッ……!」

さとが口を離し、声を上げた。

「痛むか……」

「い、いいえ……、大事ございません……」

「少し我慢するのだぞ。今に、これが堪らぬほど良くなるからな」

「は、はい……」

さとは頷きながら、すっかり痛みも麻痺したように、下からの突き上げに合わせて自分もいつしか腰を動かしていた。よく分からないながら、痛みの奥にある快楽を探っているのか、あるいは動けば早く終わるという無意識の現われか、とにかく女とは無垢でも様々な動きをするもののようだった。

平左はさとの顔を押さえつけ、可愛らしく甘酸っぱい息を間近に嗅ぎながら、美少女の濡れた口や鼻の穴まで舐め回した。

「唾を」

「ど、どうなさるのですか……」

「飲みたい。出してくれ」

顔を寄せてせがむと、さとは聞き返したり断わったりするわけにもいかず、少しためったのち愛らしい唇をすぼめてたらりと垂らしてくれた。

それを舌に受けると、とろりとした適度な粘り気と生温かさ、小泡の感触が口の中に広がった。少量なので、いくらも味わわないうち、こくんと飲み下してしまった。

「もっと多く。そうだ。余の顔に思い切り吐きかけてくれ」

「で、できません、それは……」

「二人だけの秘密だ。さあ」

平左は、さとの内部で激しく高まりながら再三せがみ、ようやくさとが垂らしてくれたものを顔に受けた。

「ああっ……、いけません……」

さとは、あまりのことに身を重ねたままがたがた震えだした。

「良いのだ。こうすると淫気が増すのだ。もっと」

平左は言い、とうとうさとも、ぺっと弱々しく唾液を吐きかけ、平左は温かな粘液に鼻筋を濡らされながら快感に貫かれてしまった。

「ああ……、いく……」

激しく昇り詰めながら、平左は美少女のぷっくりした口に鼻を押し当て、甘酸っぱい果実臭を胸一杯に吸い込んだ。そして顔中を彼女の口にこすりつけ、清らかな唾液でぬるぬるにしてもらった。

怒濤《どとう》のような快感の嵐が巻き起こり、平左はありったけの熱い精汁を勢いよく美少女の体内に注ぎ込んだ。そのときばかりは生娘への気遣いも忘れて激しく突き上げてしまったが、さとも健気に耐えた。何しろ肉体的な痛み以上に、もっと数々の無礼をはたらいてしまい、それを気にしているのだ。

最後の一滴まで出し切ると、ようやく平左は動きを止めた。

「ああ……、良かった……」

彼は満足げに呟き、身を投げ出した。

さとも、ぐったりと力を抜いて体重を預けていた。いつまでも乗っていることを恐縮しているが、平左が下から抱きすくめて離さなかった。

そして彼は、美少女のかぐわしい吐息を嗅ぎながら、うっとりと快感の余韻を味わい、やがてそろそろと身を離させたのだった。

そっとさとの陰戸を見ると、ほんの僅かだが出血していた。しかし、それも彼女は承知しているようで、悲哀などよりも、殿の手が付いた事への充足感と、いろいろと畏れ多い行為の数々に戦《おのの》くばかりだった。

やがて処理を終えるとさとを帰し、平左は一人で湯殿に行き、身体を洗ってから寝所に戻った。一度では物足りない感じではあるが、相手は生娘だから仕方ないだろう。

しかし、そろそろ眠ろうとしていると、何と主君が彼の部屋にやってきた。

四

「平左、まだ寝ておらぬだろう。余も眠れぬのだ。藤乃もいないことであるし」

主君行正こと、身代わりの雪姫である。

「こ、これは……！」

平左は慌てて身を起こし、下座へ回って平伏した。

しかし雪姫は、そんな挨拶などどうでも良いというふうに、すぐにも寝巻きを脱ぎ去ってしまった。髷を結い月代を剃った、見目麗しい男の顔に、豊かな乳房が息づいているのは、何とも奇妙な光景である。

今は夜だから、乳房を締め付ける晒もなく、首から下は完全な女であった。

行正が急死したため、双子の姉である雪姫が主君に成り代わり、幕府を欺いているのだが、だからこそ身代わりの平左が、早く子を成さねばならないのだった。この秘密を知っているのは、平左と藤乃、家老である平左の父の三人だけである。

「町家から来た女中を抱いたのか」

全裸となった雪姫が言う。滅多に人前に出られない割りに、彼女は邸内のことには地獄耳であった。

そして女に戻ると、言葉遣いも柔らかなものとなった。

「はあ……」

「男とは羨ましいものであるな。誰彼構わず寝所に呼べるのだから。私も、男に生まれていたならばそうしたのだろうが……。だが、私はお前一人だけで良い」

雪姫は言い、脱ぐよう促し、平左を招いた。

平左も全裸になりながら、激しく欲情してきた。何しろ、生娘のさとを気遣いながら一度しか射精していないから、まだまだ淫気がくすぶっていたのだ。

それに身を清めてきたばかりだし、口うるさい藤乃も覗いていないから、今宵は存分に好きなだけ互いの身体を貪《むさぼ》り合えるだろう。それは雪姫も同じ気持ちのようだった。

平左が添い寝すると、雪姫は上からぴったりと唇を重ねてきた。

舌がからまり、生温かな唾液が注がれてくる。熱く湿り気ある吐息は、花粉のような甘さを含んでいた。

そして熱っぽい口吸いを終えると、雪姫はすぐにも彼の股間へと顔を移動させ、すっかり屹立している肉棒を呑み込んでいった。

もちろん雪姫は、まだ生娘である。行正に成り代わった平左が、正室の千代なり他の女なりを孕ませない限り、晴れて情交できないのだ。その代わり、挿入以外の全てを行なっているため、舐め方は堂に入ったものだ。

喉の奥まで含み、頬をすぼめて吸い、激しく舌をからみつかせてきた。一物は清らかな唾液にどっぷりと浸り、たちまち激しく高まっていった。

やがて雪姫は、彼が果ててしまう前にすぽんと口を離し、上下入れ替わって仰向けになっていった。

平左は張りのある乳房に顔を埋め、可憐な乳首に吸い付いた。もう片方も含んで舐め、磨き抜かれた柔肌を舐め下り、股間に顔を埋め込んでいった。

「ああ……」

雪姫は期待に声を洩らし、自ら両膝を全開にしていった。

黒々と艶のある恥毛が震え、はみ出した花弁はすでに大量の蜜汁に潤っていた。

茂みに鼻を押し当てると、馥郁たる体臭が品良く鼻腔をくすぐってきた。舌を差し入れると、ぬるっとした柔肉が迎え、温かな淫水が流れ込んできた。

平左は突き立ったオサネを舐め回し、姫の両脚を浮かせて肛門まで念入りに舐めた。

「ゆ、指を、お願い……」

雪姫が身悶えながらせがみ、平左は左手の人差し指を、唾液に濡れた肛門にゆっくりと押し込んでいった。さらに右手の人差し指を膣口に入れ、天井をこすりながら再びオサネに吸い付いた。

「アアッ……！　なんて、いい……。もっと動かして……」

雪姫が声を上ずらせて言い、平左も愛撫を駆使した。肛門に入れた指を出し入れするように動かし、膣内の天井をコリコリと圧迫し、さらにオサネを小刻みに舐め上げた。

最近の雪姫は、この三点責めが好きなのだ。挿入できない代わりに、他のあらゆる事を試そうとするうち、この愛撫に到達したのである。

「ああ……、い、いきそう……」

雪姫が狂おしく身悶えながら言った。

「ねえ、平左。入れてみて。本物を、私に……」

と、彼女が口走った。思わず平左は、愛撫を止めて彼女を見た。

「そ、それはなりませぬ……」

「中で精汁を放たねば良かろう。入れられるのが、どのようなものか知りたいのだ」

雪姫は執拗に言った。やはり忠実で口うるさい侍女の藤乃がいないことで、相当に身も心も解放されているようだった。

そう、中で漏らさず、孕ませなければ良いのだ、と平左も思い、すっかりその気になってしまった。

身を起こすと、やがて顔を上げ、彼女の前後の穴から指をぬるりと引き抜いた。

雪姫は初めて受け入れる興奮と緊張に、熱っぽい眼差しで彼を見上げていた。

平左も胸を高鳴らせ、激しく勃起している一物を構え、股間を押し進めていった。

先端を割れ目に押し当て、大量のヌメリを与えるようにこすりつけると、

「あうう……」

雪姫は激しく身悶え、声を洩らした。やはり指や舌で触れるのとは、かなり違った感覚なのだろう。位置を定め、平左は感触を味わいながらゆっくりと挿入していった。同じ生娘でも、さととは違い、すっかり熟れた雪姫の感触は最高だった。

「ああッ……！　へ、平左……！」

ぬるぬるっと根元まで深々と貫くと、雪姫が声を上げ、彼が身を重ねようとする前にも激しく下から抱き寄せてきた。

ぴったりと股間を密着させ、平左は完全に雪姫にのしかかった。中は熱く、締まりも良く、潤いも充分だった。柔襞の摩擦も心地よく、それに何より、とうとう姫と一つになってしまったという感激と、禁を犯した興奮に彼は酔いしれた。

「痛くありませんか……」

「少し……。でも、そなたと一つになれたと思うと、何より嬉しい……」

雪姫は、眉をひそめることもなく、小さく答えた。やはり多くの快楽を得てきただけあり、さとほど破瓜《はか》の痛みに苦悶するようなこともないようだった。

「突いて……」

雪姫は熱く甘い息で囁き、下からずんずんと股間を突き上げてきた。

それに合わせ、平左も漏らさぬよう気をつけながら腰を突き動かしはじめた。

「アア……、いいわ、もっと強く、奥まで……!」

雪姫は、初めての割りに痛みよりは快楽を多く感じているように、声を上ずらせて口走った。

実際、初めてでも感じることがあるのだろう。溢れる蜜汁は大洪水となり、揺れてぶつかるふぐりまでねっとりと濡れた。そして出し入れするたび、くちゅくちゅと淫らに湿った音も響きはじめ、平左はいよいよ危うくなるほど高まってしまった。

「も、もういけません……、抜きませんと……」

「いや……、中で放って。お前の全てが欲しい……」

雪姫は、すっかり夢中になり、両手ばかりか両脚まで彼の腰にからめて離すまいと力を込めた。

「な、なりません。どうか……」

「お願い。孕んでも何とでもなる。病で伏せっていることにすればよい」

雪姫は、もう最後まで達することに夢中だった。あとは、とにかく平左が耐え抜いて、彼女の力がゆるんだときに引き離すしかない。

そうは思っても、熱く濡れた柔襞の摩擦の、何と心地よいこと。肉壺は吸い付くように一物を包み込み、実に素晴らしい締め付けを繰り返した。しかも、肉づきのよい股間の丘の、こりこりする恥骨の感触まで伝わってきた。胸の下では柔らかな乳房が弾み、まるで全身が姫の柔肌に包み込まれたようだった。

それに、月代を剃り髷を結った男の顔も、何やら倒錯的な興奮をそそった。紅など塗らなくても唇は濡れたように赤く、そこから発せられる吐息は紛《まぎ》れもない女の甘い匂いを含んでいた。

腰を突き動かしているうち、平左は快楽に溺れ、本当に後戻りできなくなり、動きも止めようがなくなってしまっていた。

「どうか、もう本当に……」

「駄目、黙って！」

雪姫は言い、強引に彼の唇を求めてきた。ぴったりと唇が重なると、雪姫は貪るように彼に舌をからめ、激しく吸い付いてきた。その間も股間の突き上げは続き、何とも艶めかしい摩擦が続いていた。

「ク……ンンッ……！」

平左は、姫の甘い吐息と唾液、柔らかな舌のぬめりを感じた途端、とうとう激しい絶頂の快感に全身を貫かれてしまっていた。

いけないと思いつつ、藩を危機に陥れるかもしれないというのに射精してしまったのである。そのときの快楽は真に抗《あらが》い難く、平左は、まさに美女一人のために城が傾くということを、身をもって知ったのであった。

「アア……、熱い。出しているのね。もっと、ああ……！」

初めてでも、雪姫は奥を直撃する噴出を感じ取り、気を遣ったように狂おしく身をよじった。そして二人は快楽の痙攣を続け、やがて力を抜いてぐったりとなった。

動きを止めても、まだ姫は両腕の力を緩めない。

（やってしまった……）

平左は、姫の甘い吐息を間近に感じ、余韻に浸りながら思った。激情が覚めてしまうと大それたことをした思いが、重くのしかかってきた。放った精汁を、できることならもう一度鈴口から吸入できないものかと思った。

（どうしよう……）

混乱の中であれこれ思ったが、どちらにしろ平左一人腹を切って済む話ではない。

あとはひたすら、雪姫が孕まないことを祈るばかりであった。

「平左……、良かった……。これが女の悦びなのですね……」

雪姫が、うっとりと夢見心地の表情で囁いた。彼女は、何一つ危機感など抱いていないように、挿入による絶頂を初めて得て、すっかり身も心も満足したようだった。

「と、とにかく、早く湯殿で洗いましょう……。もう間に合わぬかもしれませぬが」

「よい。もう少し、ゆるりと味わっていたい……」

平左が急いで身を離そうとしたが、雪姫は離してくれず、二人はいつまでも重なったまましっとしていたのだった……。

五

「どうやら、千代様がご懐妊なされたようです」

ある日のこと藤乃が、重々しく平左に言った。

あれから平左は、来る日も来る日も正室の千代と交接をし、その合間に侍女の文、あるいは女中のさとと交わっていたのだった。

もちろん雪姫も求めてきたが、交接したのはあの一回きりで、あとは何とか拒み続け、指と舌で納得してもらってきたのである。

「ほ、本当でございますか！」

平左は目を輝かせ、身を乗り出して言った。

「ええ、月の障りがなくなって二月目、悪阻《つわり》の兆候もあり、まず間違いありますまい」

「そうですか。ほっとしました。これで男子ならば万々歳」

「ええ、でもそれだけではございませぬ」

藤乃が言う。

（ま、まさか、雪姫様までが……）

平左は、急な不安に襲われた。たった一度きりの過《あやま》ちとはいえ、雪姫までが懐妊していたら、事は非常に厄介になる。もちろん雪姫の子が男子であれば、それを世継ぎとして幕府に届けるのが筋ではあるが、それでは秘密を拡大せねばならず、行正がとうに死んでいることを多くに知られてしまう。

「実は、もう一人懐妊したのです」

「そ、それは……」

「おさとです」

言われて、平左はほっと胸を撫で下ろした。平左が雪姫と情交してしまったことは、もちろん藤乃は知らない。彼女の、たった一夜の留守中にしたことで、それは平左と雪姫だけの秘密なのだ。

「そ、そうでしたか……。それは良かった。では、どちらかが男子を産めば、それを世継ぎとして届け出、姫様も晴れて女に戻れるのですね」

平左は安心して言った。

さとも、すっかり挿入快感にも慣れつつあり、これから本当の悦びが得られるという矢先だっただけに、懐妊は少々残念ではあるが、家を思えば良いことには違いない。それはさとの実家にとっても同じ事だった。

それに雪姫も一度きりの情交から日を数えて、この時点で孕んでいなければ、どうやら大丈夫だったようだ。

「とにかく、無事に産まれてみなければ分かりませぬ。男子であれば、幕府への登録とともに、病気療養ということで雪姫様も殿のふりをお止めになり、藩主を引退。そして若殿のお披露目ののち、あらためて行正様のお葬式を大々的に執り行います」

「なるほど」

考えてみれば、早世した行正も気の毒である。死んだことを知る家臣は数人だし、まだ葬儀も行なっていないのだ。

「というわけで、平左殿のまぐわい番も、これにて一段落」

「ま、待ってください。二人とも女子が産まれるということもあります。もっと多くの側室に孕ませた方が無難かと思われますが」

平左は勢い込んで言った。何度も交接した女のうち、この藤乃と、千代の侍女である文は孕まなかったようだ。もちろん他にも見目麗《みめうるわ》しい女中は多いので、平左の淫気も有り余っていた。

「早く、このお役目を解かれたいのではありませぬか。身体も大変でしょうし」

「そんなことはありません。より多くの女と交接しなければ淫気が溜まり、雪姫様のお誘いをどこまで断われるや否や」

「ああ、みなまで言わずとも分かりました」

藤乃の痛いところを突くと、彼女はすぐに頷いて言った。雪姫がことのほか平左に執《しゅう》心《しん》で、ややもすれば交接まで望む勢いであることを、藤乃も承知して頭を痛めているところなのだ。

「確かに、懐妊が二人だけでは心許《もと》なく思います。して、他に見初めた女はいるのですか」

藤乃が言う。孕んだ以上、もう千代やさとに触れることは叶《かな》わないのだ。平左の子であるのに、それはすでに藩主の子であり、二人の女も平左のものではないのである。

「いや、今は特にいるわけではないのですが」

「左様ですか。文殿は、今は千代様に付ききりですので、やはり、他の女中たちから選ぶのが無難でございましょう」

「今は、藤乃様が欲しゅうございますれば、御免」

平左は欲情するまま、藤乃に縋《すが》り付いていった。

「あッ……！　な、何を無体な……」

押し倒されながら、藤乃は甘い匂いを揺らめかせながらくねくねともがいた。

「ど、どうせなら孕ませられる若い娘になさい……」

「藤乃様も、まだ孕むでしょう」

胸元に顔を埋めながら平左は言った。藤乃はまだ三十二歳。子を産んだことはないが、もう孕まないわけでもないだろう。

「そ、そのような、恥ずかしい……」

「なんの、今からでも藩主の母上になるというのはいかがですか」

平左は、激しく興奮しながら言った。ここのところ生娘が多かったので、たまには熟れた肉体が恋しかったのだ。

藤乃も、燃え上がりやすいたちなので、途中から抵抗を止め、されるままになっていった。平左は唇を奪い、執拗に舌をからめながら彼女の帯を解きはじめた。

「ンンッ……！」

熟れた美女の、熱く甘い息が弾んだ。ぽってりとした肉厚の舌も、うっすらと甘く温かな唾液に柔らかく濡れ、次第にちろちろとからみ合うようになってきた。

充分に舌を味わい、平左は白い首筋を舐め下り、大きくくつろげた胸元へと潜り込んでいった。豊かな膨らみがはみ出し、つんと突き立って色づいた乳首を含むと、何とも甘ったるく優しい体臭が鼻腔をくすぐってきた。

「ああ……、へ、平左殿……」

軽く乳首を嚙むと、藤乃はびくっと肌を震わせて口走った。

もう、ここまでくれば言葉も必要なく、あとは最後まで突き進むだけだった。

両の乳首を交互に吸ってから、平左は自分も袴を脱ぎ、着物と下帯を取り去りながら彼女の下半身に向かった。

白足袋を脱がせて足裏を舐め、ほのかな匂いを籠もらせる爪先にしゃぶりついた。

「あう！　また、そのような……」

藤乃は激しく拒んだが、いつものことだとすぐに諦めて身を投げ出してきた。

平左は両脚ともまんべんなく舐め回し、指の股の匂いを嗅ぎ、湿り気を舐め取ってから股間に潜り込んでいった。

裾をまくって大股開きにさせると、むっちりとした色白の内腿に、黒々とした茂みと、熟れた果肉が丸見えになった。恥じらいは漂うものの、やはり生娘とは違った風情に、平左は激しく高まりながら中心部に顔を埋め込んでいった。

柔らかな茂みの隅々には、懐かしく悩ましい匂いがたっぷりと籠もり、平左は酔いしれながら激しく舌を這わせはじめた。たちまち大量の蜜汁がねっとりと溢れ、柔肉は興奮に色づいてきた。

「アア……、き、気持ちいい……」

藤乃は顔をのけぞらせて喘ぎ、内腿で彼の顔を締め付けてきた。

平左は執拗にオサネを舐め上げ、淫水をすすり、脚を浮かせて尻の谷間で秘めやかな匂いの籠もる桃色の蕾も舐め回した。

そして彼女の前も後ろも心ゆくまで味わいながら、自分の突き立った一物を藤乃の鼻先に突きつけていった。

「ンンッ……」

彼女はすぐに身を乗り出して亀頭を含み、熱い息を彼の股間に籠もらせながら強く吸い付いてきた。平左は、温かく清らかな唾液にまみれながら、藤乃の口の中でひくひくと幹を震わせて快感を嚙みしめた。

二人は、互いの内腿を枕にしてしばし、それぞれ最も敏感な部分を貪り合った。

「も、もう堪忍……、お願い……」

やがて耐えきれなくなったように、藤乃がすぽんと口を離してせがんできた。

平左も身を起こし、本手（正常位）で藤乃にのしかかり、一気に深々と貫いていった。

「ああーッ……！　いいわ、すごく……」

根元まで受け入れ、身を重ねた平左にしがみつきながら藤乃が喘いだ。

「おまんこが気持ちいいと、言ってくださいませ」

平左は腰を突き動かし、熱く滑らかな摩擦を味わいながら囁いた。

「な、何を言わせるのです……。そのような、下賤《げせん》なこと……」

「言わねば抜きます」

平左が本当に抜こうとすると、

「い、いやッ……！　意地悪ね。もっと突いて……」

「言えばそうしますよ。さあ」

「い、いつからそのような悪いお子に……。い、言えば良いのですね。それぐらい何でもありません。お……、おまんこが、気持ちいい……、アアッ……！」

藤乃は、自分の恥ずかしい言葉に激しく喘ぎ、あっという間に気を遣ってしまった。

がくがくんと藤乃は狂おしく身悶え、きつい収縮を繰り返した。

たちまち勢いに巻き込まれるように、続いて平左も昇り詰め、快感の嵐に呑み込まれていくのだった……。

第五章　うるおい花弁

一

「千代、どうだ。身体のほうは」

主君行正に扮《ふん》した平左が言うと、正室の千代は身を起こそうとした。

「ああ、よい。そのままで」

「申し訳ありません。ややのほうも順調なようで、身体は大事ございません」

千代が横になったまま答えた。懐妊した女の歓びが、匂うような色気となって漂っていた。これで男子ならば、千代の大仕事も一段落というところだろう。

平左は、室内に籠もる甘ったるい千代の体臭を嗅ぎ、早くも股間がむずむずと怪しくなってきてしまった。千代の下腹もだいぶ迫り出しているようだ。その中に自分の種が息づき、成長しているのは神秘というほかない。

できることなら千代を脱がせ、その大きく迫《せ》り出した腹を観察してみたかった。張りのある出っ腹は、何とも色っぽいことだろう。

しかし、いかに正室とはいえ、いや正室なればこそ藩の命運を握っているのだから、まさか交接するようなことはできない。今は淫気よりも、やはり千代の身体と順調な経過が大事である。それでも悪阻《つわり》の時期を越え、見た目も実に安定しているようで、平左は安心した。

彼は、千代の元気な顔を見ただけで、あとは典医《てんい》に任せて寝所を退室した。すると千代の侍女である文が見送りに来た。

「順調なようで何より。これからも千代を頼むぞ」

「はい。日毎に大きくなるお腹を見ているだけで、私まで幸せな気持ちになります」

文がにっこりと笑って答えた。

「ときに、久しく千代を抱くこともできぬゆえ淫気が溜まってしまった。しばし余の部屋に来てくれぬか」

「承知いたしました」

文は言い、平左はすぐに彼女を従えて奥の間へと入っていった。すでに床が延べられ、平左の一物も待ちきれないほど勃起していた。彼はすぐにも着物を脱いで横たわり、文もためらいなく帯を解きはじめた。

千代の身の回りの世話という名目で稲川藩に来ている文は、最初こそ主君との行為に硬くなっていたようだが、いくながい番という、情交を主とする役職に就いていた彼女であるから、徐々に緊張も解け、平左の性癖も把握してきたようだった。

平左は文に腕枕してもらい、じっとり汗ばんだ腋の下に顔を埋め込みながら、張りのある乳房を探った。

「ああ……」

文は小さく喘ぎ、くすぐったそうに身をよじった。

柔らかな腋毛《わきげ》が心地よく鼻をくすぐり、甘ったるい汗の匂いが馥郁と鼻腔を刺激してきた。平左は腋の窪みに舌を這わせてから、徐々に可憐な乳首へと移動していった。

ぽっちりと突き立った乳首を含み、顔中を膨らみに押しつけた。

二十歳の肌の匂いに合わせ、上からは甘酸っぱい吐息が心地よく鼻をくすぐってくる。

平左は生温かな文の匂いに酔いしれながら、もう片方の乳首も含み、さらに首筋を舐め上げて唇を重ねていった。

「ンン……」

文はうっとりと目を閉じて呻き、潜り込んだ彼の舌を優しく迎え入れながら、さらにかぐわしい息を弾ませた。

ねっとりと濡れた舌を舐め回していると、彼女はそっと平左の強ばりに触れてきた。柔らかな手のひらの中で、彼自身はひくひくと脈打ち、最大限に膨張していった。

唾液と吐息を充分に味わうと、平左は彼女の下半身へと移動していった。

「あ……、どうか……」

彼が足首を摑むと、文は遠慮がちに声を洩らしたが、すぐ諦めたように黙った。拒んでも、どうせ平左は続行することが分かっているのだ。

平左は文の足裏に顔を押し当て、舌を這わせた。生温かく湿った指の股に鼻を埋めると微かな匂いが彼の股間に響いてきた。爪先をしゃぶり、指の間に舌を割り込ませ、うっすらとしょっぱい味覚を順々に堪能した。

「アア……、い、いけません……」

文は、彼の癖を分かっていながら、いつになく念入りな舐めように身悶え、畏《おそ》れ多さに声を震わせた。

しかし平左はやめず、もう片方の足も執拗に味わった。

何しろまだ昼日中だから、監視役の藤乃は主君行正、つまり男装した雪姫のほうに付ききりだし、よもや平左が情交するような時間ではないから、こちらには来ていないのだ。

だから平左は伸び伸びと美女の足を味わい、匂いが消え失せるまで舐め回してから、脚の内側をたどっていった。

腹這いになり、文の両膝の間に顔を割り込ませてゆくと、

「く……！」

彼女は両手で顔を覆い、がくがくと内腿を震わせて呻いた。他の女よりは、様々な情交の仕方や多くの行為を識《し》っている文でも、さすがに藩主が股座《またぐら》に顔を突っ込んでくるのは耐え難いようだった。

平左は、主君のふりなどかなぐり捨てたように息を弾ませ、鼻先に迫る文の陰戸《ほと》に見入っていた。彼の息に、黒々と艶のある茂みがそよぎ、割れ目からはみ出した桃色の花弁がねっとりとした大量の蜜に潤っていた。

淫水の量も多く、ある程度自在に濡れさせることもできるのだろうが、文も相当に興奮を高めているようだった。

陰唇を開くと、奥でぬめぬめと息づく柔肉が覗いた。陰戸の穴は悩ましい収縮をし、新たな蜜汁を湧き出し続けている。オサネは光沢を放ち、包皮を押し上げるように突き立っていた。

平左は艶めかしい匂いに誘われるように顔を埋め込み、柔らかな茂みにグイグイと鼻を

こすりつけた。甘ったるい汗の匂いに微かな残尿の刺激が鼻腔を掻き回し、平左は激しく胸を高鳴らせながら舌を這わせていった。

柔肉を舐め、とろりとした蜜汁をすすり、つんと勃起したオサネまで舐め上げると、

「アアッ……！　殿……」

文がびくっと顔をのけぞらせて喘いだ。

平左は淡い酸味の淫水を舐め取りながら、執拗にオサネをしゃぶり、さらに彼女の脚を浮かせて白い尻の谷間にも鼻を潜り込ませていった。

可憐な薄桃色の蕾には、ほんのりと秘めやかな匂いが籠もり、平左は嬉々として嗅ぎながら舌を這い回らせた。細かな襞を探り、内部にもぬるりと舌先を押し込み、滑らかな粘膜を味わった。

「あうう……、い、いけません、そこは……」

文は浮かせた脚をがくがく震わせながら口走り、きゅっきゅっと肛門を収縮させた。

平左は割れ目に鼻を押しつけながら、肛門内部で舌を蠢かせ、締め付ける感触を楽しんだ。そして気が済むと、再び割れ目を舐め回し、オサネにも吸い付いていった。

「ああ……、も、もう……」

文は、早くもひくひくと全身を波打たせ、気を遣りはじめたように痙攣を起こした。

これもある程度自在になるようだから、いい加減に主君の舌戯を止めさせるよう、早めに昇り詰めたのかもしれない。

彼女がぐったりとなると平左もようやく顔を離し、布団に横たわっていった。

文はすぐにも呼吸を整え、気力を振り絞って身を起こした。そして彼の屹立《きつりつ》した肉棒に舌を這わせてきたのである。

熱い息が股間に籠もり、張りつめた亀頭に舌が這い、さらに喉の奥まですっぽりと呑み込まれると、一物は温かな唾液にどっぷりと浸り込んだ。

「ああ……」

平左は快感に喘ぎ、うっとりと手足を投げ出して美女の愛撫に身を委ねた。

文はたっぷりと唾液を出して肉棒をしゃぶり、強く吸い付きながら、すぽんと引き抜いてふぐりも舐め回してくれた。さらに自分がされたように彼の脚を浮かせ、肛門まで念入りにしゃぶった。

「く……」

平左は呻き、ぬるっと潜り込んだ舌先を肛門で締め付けた。

何という心地よさだろう。主君の立場にいるからこそ、このように贅沢な快感が得られるのだ。

もし文が、これは主君の行正ではなく、吉野平左という藩士に過ぎないと知ったらどう思うだろう。まあ一応は家老の息子だから、文の立場よりは上位にいるが、それにしてもこの微に入り細をうがつ念入りな愛撫は、殿様と思っているからなのだろう。

やがて文は舌を引っ込め、再びふぐりの中央にある縫い目を舌先でたどり、幹の裏側をつつーっと舐め上げて亀頭にしゃぶりついてきた。今度は濃厚な愛撫をし、顔全体を上下させて、すぽすぽと濡れた口で摩擦した。

「あうう……」

平左は高まりながら声を洩らした。すると文が、ちゅぽっと口を離した。

「いかがなさいます。私の口にお出しになりますか」

「いや、交接したい。上から跨《また》いでくれ」

「また、私が上でよろしいのですか……」

文は、主君を跨ぐことにためらいながら、これも彼の性癖と思い、観念して身を起こしてきた。

「失礼いたします……」

声をかけてから仰向けの彼の股間を跨ぎ、幹に指を添えて陰戸にあてがってきた。

ゆっくりと座り込むと、屹立した肉棒がぬるぬるっと滑らかに柔肉の奥に呑み込まれていった。

「アアッ……！」

文が顔をのけぞらせて喘ぎ、完全に股間を密着させた。

平左も熱く濡れた膣内の、きつい締まりに包まれながら暴発を堪えた。

すぐに文は身を重ね、柔らかな乳房を彼の胸に押しつけてきた。やはり長く見下ろしているのが辛かったのだろう。

平左も下からしがみつき、ずんずんと股間を突き上げはじめた。

二

「ああーッ……！　殿……、なんて気持ちいい……」

文も腰を動かしながら、熱くかぐわしい息で囁いた。

濡れた柔襞が何とも心地よく肉棒を摩擦し、溢れる蜜汁が彼のふぐりから内腿までも温かく濡らしはじめた。

「唾を……」

平左は、下から彼女の唇を求めてせがんだ。

文は興奮の勢いに任せ、口移しにトロトロと生温かな唾液を注ぎ込んでくれた。平左はうっとりと味わい、小泡混じりの舌触りを嚙みしめてから喉を潤した。

「顔中にも吐きかけてくれ」

「そ、それはなりません。どうかご堪忍くださいませ……」

文は、腰を動かしながら答えた。

「いや、するのだ。どうしてもしてほしい」

平左は腰を突き上げながら言った。

文はためらい、迷いながらも、ようやく形良い唇に唾液を溜め、そっと控えめに吐きかけてきた。甘酸っぱい息とともに、小さな飛沫が鼻筋を濡らした。

「もっと強く、思い切りするのだ」

「ああ……、どう致しましょう……」

文は息を震わせて言いながらも、次第に強くペッと吐きかけてはじめた。

そして彼女は主君の顔を濡らすたび、だんだん遠慮なく強くかけてきたのだ。どうやら興奮が高まり、してはならぬことを行なう悦びに目覚めはじめたのだろう。それは当然ながら、手討ちにされても構わないというほどの快感のようだった。

「ああ……、何と心地よい……」

平左はうっとりと声を洩らし、文の顔を抱き寄せ、芳香を放つ口に鼻や頬をこすりつけた。彼女も遠慮なくぬらぬらと舌を這わせ、舐めるというより平左の顔中を塗らした唾液を、さらに広範囲に塗りつける感じだった。

たちまち平左は、甘酸っぱい吐息と唾液の匂いに包まれながら、激しい絶頂の快感に貫かれてしまった。

「く……!」

身を震わせながら呻き、彼はありったけの熱い精汁を勢いよくほとばしらせた。

「ああッ……! 殿、私も……!」

膣内の奥深い部分に噴出を受けると、同時に文も口走り、がくんがくんと全身を狂おしく波打たせはじめた。どうやら演技ではなく、彼女も本格的に気を遣《や》ってしまったようだった。

平左は最後の一滴まで絞り尽くし、ゆっくりと動きを停めて力を抜いていった。

文も徐々に全身の硬直を解き、ぐったりと彼に体重を預けながら、耳元で熱い息遣いを繰り返した。

内部の収縮はまだ続き、きゅっと締め付けられるたび、平左も余韻の中でぴくんと一物を脈打たせながら呼吸を整えた。

「アア……、申し訳ございません……」

文は平左の上から身を離し、まずは懐紙で唾液に濡れた彼の顔を拭きはじめた。それから彼女は一物を拭い、最後に自分の股間を手早く処理した。

「湯殿に参りますか」

「ああ、そうしよう」

平左が身を起こすと、すぐに文が襦袢を羽織らせた。

そして自分も薄物をまとい、彼の手を引いて立たせた。湯殿は、この部屋からも近いので、藤乃に見られることはない。そう思うと、また平左は新たな淫気を湧き上がらせてしまうのだった。

廊下を進みながらも、文は何度も足をもつれさせてよろけた。よほど激しい快感で、今も力が入らないのだろう。それに主君の顔に唾液を吐きかけるという、大それた衝撃も去らないようだった。

湯殿に入ると、すでに支度は整い、ちょうど良い温度の湯が張られていた。

木の椅子に掛けると、文が湯加減を見てから甲斐甲斐しく彼の肩や背を流し、糠袋で背中をこすってくれた。

「さあ、お顔を」

「いや、もうしばらくお前の匂いに包まれていたい」

平左は、乾きはじめた顔の唾液が再び湯殿の熱気で湿り気を帯び、ほのかに漂う匂いを楽しみながら言った。

「ああ……、どうか、そのようなことは……」

文は羞恥に身悶え、さらに色白の肌を染めた。そして自分も身体を流そうと桶を手にしたが、それを平左は押しとどめた。

「待て。洗うよりも先に」

平左は言って彼女を前に立たせ、股を開かせた。

「あ、あの、まさか……」

「そうだ。出してくれ」

彼が言うと、文は諦めたように小さく嘆息した。多少は予想もしていたのだろう。こうした性癖の男がいることも、文は知識として持っているのだ。それに初めてのことではないので、彼女も観念して下腹に力を入れはじめた。

初回ほど長い時間はかからず、美女の割れ目からは間もなくちょろちょろと温かな水流が漏れてきた。

「アア……!」

文が立ったまま膝を震わせ、目を閉じて喘いだ。

平左は流れを胸に受け、むくむくと回復をはじめている一物を濡らされながら、その温もりと微香を味わった。そして彼女の腰を抱き寄せ、流れを舌に受けはじめた。

味も匂いも淡く上品で、それは抵抗なく喉を通過した。そして温もりが胸に染み込むたび、甘美な興奮が股間に伝わっていった。

「い、いけません……、ああッ……！」

文は、流れは弱まったものの、平左に直接口を押し当てられ、舐められながら喘いだ。

平左は夢中になって舐め、流れの治まった内部に溢れる蜜汁をすすった。

元からの藩士なら良いが、他から嫁に来た女の侍女に、これほど稲川藩の藩主に妙な性癖があると知られるのも良いことではないだろうが、もう平左は夢中だった。

藩の威光が、主君の身代わりである自分の肩に掛かっていると知りつつ、どうにも止まらないのである。それに文も、一生千代に従うのだから、もう藩の外へ出ることもないだろう。

やがて文は力尽き、クタクタと座り込んできてしまった。

それを抱き留め、平左は文の口に吸い付き、舌をからめた。喘ぎすぎたか、美女の口の中は乾き気味になり、甘酸っぱい匂いが悩ましく濃くなっていた。平左は完全に回復しながら、文の唾液と吐息に酔いしれた。

そして文も身を預けながら、やんわりと一物を握ってきた。微妙な指使いで亀頭全体を探り、ふぐりと幹を優しく刺激した。

「ああ……」

平左は、すぐにも口を離し、快感に喘いだ。

「お口でよろしいでしょうか。また入れてしまうと、私は立てなくなってしまいます」

「良いだろう。では頼む」

平左が言って湯槽に寄りかかり、身を預けると、文はすぐにも屈み込み、張りつめた亀頭を含んできた。

熱い息で下腹をくすぐり、唇で締め付け舌を蠢《うごめ》かせ、断続的に吸い上げながら指でふぐりを弄《もてあそ》んだ。さすがに他の誰よりも上手い。

たちまち一物は唾液にまみれ、文の巧みな吸引と舌の動きに高まっていった。

そして文も、平左の高まり合わせて動きの調子を強くし、いつしか顔全体を前後させ、すぽすぽと濡れた口で濃厚な摩擦を開始していた。

「あうう……、い、いく……」

平左は急激に昇り詰め、口走るなり文の喉の奥へ勢いよく射精していた。

「ンン……」

文は小さく鼻を鳴らし、噴出する精汁を余すことなく受け止めてくれた。

吸引が強いので、脈打つ感覚が無視され、直接吸い出される快感があった。

「アア……、文……」

平左は身悶え、文が喉を鳴らして飲み込む音を聞きながら最後の一滴まで絞り出した。

やがて全て飲み干した文は、ようやく口を離し、ぬめっている鈴口を丁寧に舐め回してから、再び湯を掛けて洗い流してくれた。

三

「ようやく希望が湧いてきた。男のふりも、あと僅《わず》かだな」

行正こと、双子の姉である雪姫が言った。

「はい。でもお声が高うございます」

剣術の稽古を終えた平左は、汗を拭きながら言った。

やはり雪姫も鬱屈が溜まり、ここのところ剣術の稽古でも荒れていたのだ。元もと剣の素質がある上に、主君行正のふりをさせられ続けていたから、暴れでもしなければ気が治まらなかったのだろう。

それでも正室である千代が懐妊し、順調に腹が迫り出してくると、雪姫の期待も高まってきたようだった。さらに町家から女中にきていた、さとも同じ時期に懐妊し、いま彼女は実家である日本橋の大店に里帰りしていた。

この二人のうち、どちらかが健康な男子を出産すれば、それで雪姫の男装は終了するのだ。姫に戻り、晴れて平左を婿に迎えて所帯を持つつもりなのである。

やがて袋竹刀をしまい、男のなりをした雪姫は平左を従えて部屋に戻った。

「すぐ湯殿に参りますか」

「よい。ここでそなたと二人でいたい」

「でも、汗が冷えるといけませぬ」

「ならば、平左が拭いてくれ」

雪姫は言い、くるくると前紐を解いて袴を脱ぎ、着物も脱ぎ捨ててしまった。

下帯と、乳房を隠すために巻いた晒が現われた。

もちろん男装の雪姫は月代を剃り、髷を結っているので、晒まで取り去って乳房が現われると、何とも妖しく倒錯的な魅力を醸し出した。

「そなたも汗ばんでいよう。脱ぐと良い」

「はい。では……」

姫の淫気を感じ取ると、平左も悪びれずに脱ぎ、下帯一枚の姿になった。

さらに二人は、布団の上に座って互いの下帯まで取り払い、一糸まとわぬ姿になってしまった。

「つむりがこれでは気分も出るまい。早く髪を伸ばしたい……」

雪姫が、剃られた月代を撫でて言う。

「いいえ。姫様は、形がどうあろうとお美しゅうございます」

平左は答え、実際激しく勃起していた。何しろ汗ばんだ全身からは、何とも甘ったるい芳香が漂い、晒を解かれて解放された乳房が、弾むように息づいているのだ。

「そうか。どちらにしろ、もう少しの辛抱であるな」

「御意」

「二人のうち一人は男の子であろう」

雪姫は、待ち焦がれるように言った。

だが、稲川藩の跡継ぎが生まれても、平左は複雑な心境だった。何しろ、次の藩主は余所から来た姫、あるいは町家の娘と、この平左の子なのである。どこにも藩主の血は混じっていないのだ。

しかも、跡継ぎが決まったあと、平左と雪姫が一緒になり、子が生まれたら、それこそが正当な稲川家の血筋なのに、それは藩主にはなれないのである。何も野望を持っているわけではないが、武家の建て前と幕府への取り繕《つくろ》いがもどかしい思いだった。

だが雪姫は、平左以上に野望はなく、ただ一日も早く女の姿に戻り、平左と一緒になりたいというだけの健気な気持ちで日々を過ごしていた。

「そろそろ、病気療養中と称し、月代を伸ばしはじめようかと思う」

「はあ……」

「剣術で、皆に元気な姿を見せたのも、今日が仕舞いで良かろう。そうすれば、どちらかの男子出産と同時に、すぐ女に戻れる」

「し、しかし、両方女の子という場合も……」

「そのため、そなたはさらに多くの女を孕ませると良い。本当は、そなたが他の女を抱いていると思うと、堪らなく胸が焼ける。そなたを死ぬほど好きなのに、殺したいほど憎く思うことがある」

雪姫は言い、燃えるような眼差しで顔を寄せてきた。

そして両手のひらで彼の頬を挟み、大胆にも自分からぴったりと唇を重ねてきた。

月代を剃った男の髪型であるが、切れ長の目は睫毛が長く、鼻筋はすらりと通って美しかった。唇もぷっくりして、紅など付けなくても赤く潤いがあり、吐き出される吐息も甘く、まさに女の匂いだった。

「ンンッ……！」

雪姫は感極まったように熱く鼻を鳴らし、そのままのしかかって、彼を仰向けに押し倒してきた。ぬるりと舌が侵入し、平左もうっとりと舌をからめながら、姫の甘い唾液と吐息に酔いしれた。

長く口を吸い合い、心ゆくまで舌を舐め合って唾液を交換すると、雪姫は力が脱けたように仰向けになりながら、彼の顔を胸に抱き寄せてきた。

平左は張りのある膨らみに手を這わせ、色づいた乳首に吸い付いていった。

「ああッ……！」

雪姫が熱く喘ぎ、激しい力で彼の顔を膨らみに押しつけてきた。

平左は心地よい窒息感に身悶え、こりこりと硬くなっている乳首を舌で転がし、優しく吸い上げた。

乳房は、日頃可哀想なほどきつく晒で縛られているから、ところどころ痕になって青ざめていた。それを癒すように舐め、もう片方にも吸い付いた。

さらにじっとり汗ばんだ腋の下にも顔を埋め、楚々《そそ》とした腋毛に鼻を押しつけながら嗅ぐと、甘ったるい体臭が馥郁と鼻腔を掻き回してきた。やはり文の匂いとは微妙に違い、平左は激しく高まっていった。

「アア……、平左……、もっと、いろいろして、激しく……」

雪姫が、次第に夢中になって喘ぎながら言い、十七歳の肌を投げ出してきた。

平左は汗ばんだ肌を舐め下り、愛らしい臍を舐め、真下へと降りていった。股間へ向かわず腰へそれ、むっちりとした太腿から足首まで舌でたどり、指の股の匂いを嗅ぎながら足裏を舐め回した。

何しろ雪姫の前では、主君のふりをしなくて済み、平左は存分に自分をさらしながら行動できるから気が楽だった。ただ、主君のふりをした彼に対し、他の女たちが抱くような畏れ多さを、今は平左が雪姫に感じているのだ。相手も主君の身代わりだが、何しろ双子だから行正本人に等しい感覚が湧いてしまった。

「ああ、くすぐったい……」

雪姫は稽古の直後で汗ばんだ爪先を縮めて喘ぎ、潜り込んだ彼の舌を挟み付けた。

平左は両足とも味わってから脚の内側を舐め上げ、姫の股に顔を迫らせていった。

すでに割れ目からはみ出した花弁は大量の蜜を宿し、汗の匂いに混じって濃厚な女の熱気を放っていた。

平左は柔らかな茂みに鼻を埋め、生ぬるく甘ったるい体臭を胸いっぱいに嗅ぎ、陰唇の間に舌を差し入れていった。とろりとした蜜汁を舐め取り、オサネをちろちろと舌先で刺激すると、

「アアッ……！　もっと強く……！」

雪姫がびくっと顔をのけぞらせて言った。

平左は上の歯で完全に包皮を剥き、露出した突起に強く吸い付きながら、舌先で弾くように強く舐め上げた。

「あうう、それ……」

雪姫が激しく身をよじりながら声を絞り出した。すっかり激しい愛撫を好むようになっているようだ。平左は執拗にオサネを舐め、吸い、時には軽く歯でも刺激し、溢れる蜜汁をすすりながら、肛門の方まで舌を這わせていった。

秘めやかな匂いも懐かしく、やはり顔に当たる双丘の丸みや感触など、どの女も微妙に違っている。平左は細かに震える蕾を舐め回し、舌先を押し込んで粘膜を味わい、前も後ろも充分すぎるほど味わった。

「ああ……、なんて、心地よい……、雲の上にいるような……」

雪姫は、早くもがくがくと股間を跳ね上げ、気を遣りはじめているようだった。

「ねえ、平左、入れて、お願い……」

彼女が、また無理を言ってきた。どうやら数カ月前に一度だけ交接してしまったことが忘れられないのだろう。あれから彼女も、愛撫を求めるたび自重していたようだが、とうとう今日は我慢できなくなったようだ。

「そ、それは困ります……。前の時も、孕みはしないかとどれほど心配したことか……」

「今日しないと、私は気鬱になる。どうあっても、お前と一つになりたい」

雪姫は言い、駄々をこねるように身をよじった。もちろん平左も激しく淫気と興奮が高まっているから、また今回も大丈夫だろうという気になっている。

「でも、姫様にのしかかるのは気が引けます。出来ましたら上から……」

「おお、それでも良い」

雪姫は嬉々として身を起こし、入れ代わりに平左を仰向けにさせた。

先に彼女は屈み込み、屹立した肉棒に激しくしゃぶりついてきた。

「ああ……姫様……」

平左は、温かく濡れた口腔に包まれ、快感に喘いだ。他の誰より、やはり雪姫に含まれるのが最も心地よかった。それは、主君の姉であるという畏れ多さや申し訳なさが大きいからだろう。

雪姫は喉の奥まで呑み込み、激しく口を締め付けて吸い、熱い息で彼の下腹をくすぐりながら、内部でもくちゅくちゅと舌を蠢かせてきた。たちまち一物全体は清らかな唾液にまみれ、強い吸引で最大限に高まっていった。

やがて彼が果ててしまう前に、姫はすぽんと口を離して顔を上げ、ためらいなく平左の股間に跨ってきた。自分から幹に指を添え、先端を陰戸にあてがい、息を詰めてゆっくりと腰を沈めた。

張りつめた亀頭が膣口を丸く押し広げ、ぬるっと滑らかに入っていった。

「アアッ……!」

雪姫はずぶずぶと根元まで受け入れながら座り込み、顔をのけぞらせて喘いだ。

平左も、きつく締まる柔肉と襞の摩擦に高まりながら、じっと快感に身を委ねていた。完全に座り込むと、雪姫はすぐにも身を重ね、再び上から唇を重ねてきた。

甘い吐息で鼻腔を満たし、平左が股間を突き上げると、

「ンンッ……!」

姫も熱く呻きながら腰を動かしはじめた。

初回でさえ痛みは少なく、気を遣るほどに成熟していた彼女だ。今回も痛みよりは、一つになった充足感の方が大きいようだった。

平左は下からしがみつき、とろとろと注がれる唾液で喉を潤しながら激しく高まっていった。それにつれて、僅かに残っていたためらいも快感に変じ、とうとう平左は禁断の高まりの中で昇り詰めてしまった。

「く……！」

絶頂を味わいながら呻き、股間をぶつけるように突き上げると、

「ああッ……！　熱いわ。もっと出して……、アアーッ……！」

雪姫も内部を直撃され、彼の絶頂が伝わったようにがくがくと身を揺すって喘いだ。

平左は大量の精汁を絞り尽くし、やがて満足して動きを停めた。そしてぐったりと身を投げ出す彼の上に、彼女も力尽きて突っ伏してきた。

「気持ちいい……、前の時より、ずっと……」

姫が、するたびに新たな快感を見出したように呟いた。

平左は彼女の重みを受け、かぐわしい息を吸い込みながら余韻を味わった。

四

「曽根咲枝《そねさきえ》と申します。こたびの思し召《おぼ》し、恐悦至極《きょうえつしごく》に存じます……」

咲枝が、相当に緊張しながら頭を下げて言った。声は震えて、指先も唇も可哀想なほどわないている。

確か歳は十七、薙刀《なぎなた》をよくする女丈夫《おんなじようぶ》と聞いているが、男女のことにはまだ疎《うと》く、まして主君に召された光栄と畏れ多さに身を硬くしていた。

平左は、早くも勃起し、見目麗しい咲枝を見つめた。

むろん今回も、平左が淫気に任せて藩士の娘の中から一人選び出したのである。何しろ正室の千代と、女中のさとの二人の懐妊だけでは心許ない。まして二人とも女の子だったら、また一からやり直さなければならないのだ。

平左にしてみれば、延々と好きな女を招くことが出来るのだから良いのだが、何しろ雪姫が気の毒である。早く女の姿に戻してやりたいし、弟君の身代わりという立場も、長くするほど秘密の漏れる可能性が多くなってくるのだ。

そこで平左は、一人の娘を見初めた。

学問方を勤める藩士の娘、咲枝である。先日行なわれた能の観劇で見初めたのだった。

ただ、いかに気に入っても、条件に満たない場合がある。それは、その女が家老の次男坊である平左を見知っていたら、やはり召すわけにはいかない。平左が、主君のふりをしていることに気づかれる恐れがある女は、全て除外だった。

その点、咲枝の父親は藩邸の外に屋敷を構えているから、まず平左に会ったことはなく顔も知らないはずである。

そして相手の女に許婚《いいなずけ》がいないこと、これも大事なことだった。やはり藩士の娘の幸福を、みすみす奪っては後味が悪い。

咲枝は、学問方の娘らしく、藩内の子女の教育係を目指していた。ちょうど老女の藤乃のような立場を夢見ているようだ。だから文武の修養に日々を費やし、嫁《か》すようなことは思い描いていないため、主君が手を付けるには最適だったのである。

かくて藤乃の口利きもあり、本日こうして咲枝を召すことができた。

もちろん隣室には藤乃が控えて監視しているが、もう大体彼女も平左の性癖を熟知しているから、よほどのことがない限り飛び込んでくるようなことはないだろう。

それに咲枝は、若いが実に謹厳実直、武家の娘の鑑《かがみ》のようとの評判である。

だから主君のお召しも、多くの人が、彼女ならと頷くほどだったという。そんな咲枝だから、よもや平左のおかしな要求は呑むまいと藤乃は思い、自分の後継者のように考えているようだった。

咲枝は、まるで死に装束のような白い寝巻きをきっちりと着込み、すでに身を清めてきたようだった。むろん主君の寝所だから懐剣どころか、簪《かんざし》一つ差してはいない。

「ああ、硬くなることはない。もっと近うへ」

「は……」

咲枝がにじり寄ってきた。

決意に頬を引き締め、何やら悲壮感さえ漂っている。同じ生娘でも、奔放な雪姫や、正室の千代、町家の娘のさとなどとは趣が違う。

こういう女は、もしあとから平左が主君でないと知ったら、自害に及ぶかもしれない。

そうした危うい雰囲気も、平左の淫気を高めるのだった。そして全ては、お家のためなのである。

「男女のことは知っておるか」

「は、藤乃様より教育を受けましてございます」

「もし好いた男でもあれば、今からでも下がって良いが」

「いいえ、おりませぬ。お殿様に、この命を捧げる所存で参りました」

咲枝は緊張して震えながらも、身に余る光栄とばかりに目を輝かせていた。

それが堅苦しく、いちいち命を捧げるなどと言うのが武家のいけないところだと、家老の家に生まれながら平左は思った。

もっとも、こうした考えを持つようになってしまったのも、藤乃に言わせれば、次男坊で教育が行き届かなかったせいなのであろうが。

「そなたの気持ち相わかった。嬉しく思う。ではまず脱げ」

平左は言い、自分も帯を解いて寝巻きを脱ぎはじめた。

すると咲枝が素早くササッと膝行し、手際よく彼の寝巻きを脱がせた。

平左は下帯姿になり、近づいた咲枝の頬に手をかけた。

「あ……」

「良い。顔を上げてよく見せよ」

平左は、熱い息をついている咲枝の唇に触れ、気の強そうな濃い眉と、切れ長の眼差しを近々と見つめた。

彼女は、あまりに主君の姿が眩しいのだろう。長い睫毛を伏せてしまった。

文武に秀で、どんな上役や強そうな男をも睨み返す気概のある咲枝も、唯一、主君だけは別物らしい。

「何と、美しい」

「滅相も……」

「さあ、そなたも脱ぐのだ。全て」

「あ、灯りを……」

「ならぬ。そなたの隅々までよく見ておきたいのだ」

平左が囁き、咲枝の帯に手をかけると、さすがに主君の手を煩《わずら》わせてはいかぬと思い、彼女も観念して自分で脱ぎはじめた。

その間に平左も下帯を解いて全裸になり、やがて咲枝もためらいなく腰巻きを取り去り、一糸まとわぬ姿になった。透けるように白い肌は実に健康的に滑らかで、形良い乳房は張りがあり、腹も太腿も引き締まっていた。

「さあ、ここに寝て脚を開くのだ」

「ご、ご覧になるのですか……」

「ああ、女がどのようになっているか知りたい」

「し、しかし、すでに殿様はご正室様やお女中を……」

すでに見て知っているだろうと言うのである。

「いつも女たちは慎みが深く、暗がりの中ばかりで余は陰戸を見たことがない。そのため胆力のあるそなたを選んだのだ」

「そ、そんな……」

咲枝は激しい羞恥に声を震わせ、甘ったるい体臭を揺らめかせた。

確かに、武芸で胆力は練られているだろうが、逆に堅物で四角四面の武家娘は、慎みが深すぎて、こういう場合の度胸はない。まだ、さとの方が無邪気な好奇心を持っていたものだ。

だが、それだからこそ面白いのである。咲枝にとって、粗相があれば自分一人喉を突いて済むことではない。何しろ自分の家名があり、先祖代々の名誉と命運を今の彼女は全て背負っているのだ。

とにかく彼女を横たえ、平左も添い寝した。

咲枝は両手でしっかりと胸を押さえ、青ざめるほどに緊張して息を震わせていた。

上から唇を重ねると、柔らかな感触が伝わってきた。鼻から洩れる息は果実のように甘酸っぱい匂いがあり、乳首を探ると、

「ああッ……！」

彼女が激しく喘いだ。口から洩れる息はさらに濃厚な果実臭がした。緊張で口の中が乾き、かぐわしさが強くなっているのだろう。

平左は舌を差し入れ、白く綺麗な歯並びをたどり、ようやく開いた口の中に潜り込ませていった。美女の舌は柔らかく、温かく濡れていた。

口の中を舐め回しながら乳首をいじり、張りのある膨らみを揉むと、

「ンンッ……！」

咲枝は反射的にチュッと彼の舌に吸い付き、慌てて離しながら呻《うめ》いた。

やがて平左は咲枝の唾液と吐息、舌の感触を味わってから移動し、白い首筋を舐め下りて可憐な薄桃色の乳首に吸い付いた。

「あう……」

咲枝がビクリと肌を強ばらせ、小さく呻いた。

胸元と腋からは甘ったるい汗の匂いが漂っている。身を清めてきたであろうに、やはり極度の緊張に肌が汗ばんでいた。この分なら、湯殿の後に厠にも行っているだろう。

咲枝の常識では、暗い部屋でただ交接するだけと思っていたようだが、その予想が外れたことも彼女の体臭を濃くさせていた。

左右の乳首を交互に優しく舐め回すと、次第に、唾液に濡れた乳首がつんと硬く突き立ってきた。これは感じていると言うより、くすぐったさと緊張で自然に反応してきただけだろう。

彼も次第に、女のことが手に取るように分かるようになっていた。

さらに平左は咲枝の腕を差し上げ、腋の下にも顔を埋め込んだ。腋毛は実に淡く、産毛と紛うばかりに細いものだった。窪みはじっとりと汗ばみ、何とも甘ったるい芳香を籠もらせていた。

「アアッ……！」

舌を這わせると、咲枝はじっとしていられないように身をよじって喘いだ。

平左は充分に美女の匂いを胸に染み込ませてから、柔肌を舐め下りていった。

足を舐めたいが、最初からあまりの衝撃は与えない方が良いだろう。それに、どうせ嗅いで舐めるなら湯上がりではなく、もっと汗ばんでいるときの方が良い。

しかし、もちろん陰戸は舐めずにはいられなかった。

平左は仰向けの咲枝の両膝を開かせ、その間に腹這いながら顔を寄せていった。

五

「ああッ……！　い、いけません。殿様。そればかりは、どうか堪忍……」

咲枝が懸命に身悶え、声を震わせて言った。

「良い。じっとしておれ」

「いいえ……、どうか……」

もがく腰を押さえつけ、平左は完全に内腿の間に顔を割り込ませた。

楚々とした若草がふんわりと煙り、引き締まった割れ目からはほんの僅かに桃色の花弁がはみ出しているだけだった。

指を当て、そっと陰唇を広げると、

「あう」

触れられて、咲枝が息を呑んで身を強ばらせた。

中は、今までの誰よりも濡れてはいない。しかし生娘の膣口が息づき、光沢あるオサネが覗いて実に初々しくて可憐だった。

もう我慢できず、平左は顔を埋め込み、柔らかな茂みに鼻をこすりつけた。

隅々には、湯上がりの香りとともに、咲枝本来の甘ったるい体臭が感じられ、やがて平左は舌を差し入れていった。

「アアーッ……!」

オサネを舐め上げると、咲枝は身も世もない声を上げ、そのままグッタリと気を失ってしまった。

あとは、どこをどう舐めようと、ぴくりとも動かなくなってしまい、平左は悠々と味と匂いを堪能した。そして執拗にオサネを舐め回しているうち、

「う……、んん……」

少しずつ咲枝は息を吹き返したように呻き、舐め上げるたびにびくっと内腿を震わせる

ようになってきた。そして気がつくと、いつしか割れ目内部には大量の蜜がねっとりと溢れはじめていたのだ。

平左は舐め続け、淡い酸味の蜜汁をすすり、さらに脚を浮かせて肛門にも鼻を押しつけた。残念ながら、ここには匂いはなく、それでも舌を這わせて細かな襞の震えと内部の粘膜を味わうと、

「ああっ……！」

完全に我に返ったように咲枝が喘いだ。

平左は脚を下ろし、再び割れ目内部を舌でたどってオサネを舐め上げた。

「ヒッ……！　ど、どうか、そのようなことは……、アアーッ……！」

咲枝は声を上ずらせて口走りながらも、初めて得る快感に激しく喘いだ。

ようやく彼女がグッタリする頃に平左も顔を上げ、再び添い寝していった。

「お、お口が汚れます……」

咲枝はあまりのことに、かちかちと歯を鳴らしながら、懐紙で彼の口を拭ってくれた。

「ああ、よいのだ。美しい女から出るものは汚くない。それより、そなたの陰戸の味と匂いを知ることができて嬉しい」

「ああッ……！」

言うと、咲枝は激しい羞恥に声を上げた。

平左は彼女の手を握り、そっと強ばりに導いた。

「さあ、これからこれが入るのだ。今度はそなたが男を知っておくと良い」

囁きながら身を起こさせると、咲枝は素直に顔を寄せ、にぎにぎとぎこちなく指を動かしながら、熱い視線を注いで観察した。

「見るのは初めてか」

「は……、いえ、幼少のみぎり、稽古中に男の股を打ってしまい、痛がって冷やしているときに覗き見たことが……」

「そうか。打って痛むのは一物ではなく、後ろの袋の方だ」

平左が言うと、咲枝はふぐりにも優しく指を這わせてきた。そして二つの睾丸を確認するようにいじると、再び幹をやんわり握ってきた。

「しかし、そのときの一物は、かように大きくはございませんでした……」

「痛いときには立たぬ。淫気を催すと、このように交接できるほど硬くなるのだ」

平左は言い、次第に物怖じなくいじられる感触に高まっていった。

「さあ、交接できるよう、唾で濡らしてくれ」

「は、はい……」

自分も舐めて貰ったばかりだから、咲枝はためらいなく屈み込み、そっと先端に口を押しつけてきた。

熱い息が股間に籠もり、舌が伸びてぬらりと亀頭を舐め回した。

そして言われたとおり、なるべく唾液を出そうとしているようで、たちまち清らかな唾液が温かく幹を伝い、ふぐりの方まで濡らしてきた。

さらに咲枝は丸く口を開いて亀頭を含み、誰に教わるでもなく、舌をからみつかせながら、もぐもぐと唇を動かしてきた。

「ああ……、良い気持ちだ……」

平左はうっとりと言い、無垢な美女の唇と舌の感触に力を抜いた。

もし主君のふりをしていなかったら、まず縁の持てない女である。咲枝のような女は、学問も武芸も天下一品でなければなびかないだろう。それが主君のふりをするという役目があるから、こうして肌を重ねることが出来るのである。

平左は、亡き行正に心から感謝した。

「さあ、もう良い……」

すっかり高まった平左は、暴発してしまう前に口を離させた。

本当は茶臼《ちゃうす》（女上位）にて交わりたいところだったが、これもあまり咲枝の心に負担をかけてはいけない。まだ初回なのだから、他のことは後日おいおい体験してゆけば良いだろう。

咲枝も、すぐに横になり、いよいよ自分の今宵の役目も終盤に入ったことを悟ったように身を投げ出した。

平左は身を起こし、今度こそ股間を進めて、肉棒の先端を陰戸に押し当てた。

「アア……」

咲枝は緊張を甦らせ、彼女は胸元に縮めた拳を握りしめた。

淫水の量は充分なので、平左はゆっくりと貫いていった。張りつめた亀頭が、生娘の陰戸を押し広げ、ぬるりと潜り込んだ。

「く……！」

咲枝は小さく呻き、奥歯を嚙みしめて硬直した。

どうせ誰でもすることだし、すぐに慣れるだろう。構わず平左はずぶずぶと根元まで押し込み、股間を密着させた。そして腰を抱えて温もりと締まりを味わってから、何度かずんずんと腰を突き動かした。

「う……、んん……」

咲枝は脂汗を滲ませて呻き、やがて平左は身を重ねていった。彼女も下から控えめな仕草でしがみつき、なおも痛みに耐えて肌を強ばらせていた。

平左は激しく高まり、鍛えられた女丈夫の肉体の張りと弾力に身を委ね、次第に調子をつけて律動していった。

蜜汁の分泌があるので動きは滑らかだが、さすがに締まりが良く、柔襞の摩擦が何とも心地よかった。

たちまち平左は絶頂の快感に全身を貫かれ、ありったけの熱い精汁を咲枝の柔肉の奥にほとばしらせていった。

「ああ……、実に良い……」

平左は快感に口走り、最後の一滴まで心おきなく放出し尽くした。

やがて動きを停め、咲枝にのしかかりながら平左は美女の甘酸っぱい吐息を嗅ぎ、うっとりと余韻に浸り込んだ。

そして呼吸を整え、彼は股間を引き離して横たわった。咲枝が、処理をしようと懸命に身を起こそうとするが、

「ああ、よい。じっとしておれ……」

平左は言い、そのまま身を寄せ合っていた。

「痛かったろう。だがすぐに慣れる」

「大事ございませぬ……。それより、お情けを頂き嬉しゅう存じます……」

過酷な稽古に明け暮れている咲枝なら、破瓜《はか》の痛みぐらいで参りはしないだろう。それよりも彼女は、主君が最初の男になり、大仕事をしたという感激に涙ぐんでいた。そして大人の女になったという感慨も深いに違いない。

ようやく咲枝も身を起こし、懐紙で一物を丁寧に拭ってから掻巻を掛けてくれた。そして自分は背を向けて寝巻きを羽織り、自分の股間も手早く処理をした。

帯を締めて身繕いを整えると、向き直って深々と頭を下げた。

「有難うございました」

言って立ち上がり、静香に寝所を出て行った。さすがにフラつくこともせず、しっかりした足取りだ。

礼を言いたいのはこっちだ、と平左は思いながら伸びをした。

すると、次の間から藤乃が入ってきた。

「まずは、いつもより控えめで上々の首尾でした。陰戸さえ舐めなければもっと良いのですが」

「はあ。素晴らしい女ですね、咲枝は。ああいう堅物を、ほぐしていくのが病みつきになりそうです」

「また、そのような戯れを。さあ、湯殿へ参りますよ。風邪でもひかれたら、他に身代わりはいないのですから」

藤乃が言って彼の半身を起こさせ、平左も素直に立ち上がって湯殿へと行った。

そして咲枝が孕んでしまう前に、もっともっと多くのことをしたいと思い、また淫気が湧き上がってきてしまった。

まあ、藤乃も一緒に湯殿に来て背中を流してくれるだろうから、この熟れた肌を最後に味わい、今夜は寝ようと思うのだった。

第六章　ときめき有情

一

「おめでとうございます。千代様は男の子をご出産なさいました」

藤乃の知らせを受け、平左は顔を輝かせた。

「そうですか。男の子でしたか。それは良かった……」

平左も、ほっとして笑みを洩らした。どうやら母子ともに健康らしい。

思えば、まぐわい番を任命され、主君行正の代わりに正室の千代をはじめ、多くの女たちと情交して一年。実に長くも心地よい年月であった。

そして間もなく、屋敷に女中奉公していたさとも出産する頃であろう。

この二人の他で情交を繰り返したのは、千代の侍女である文、老女の藤乃、藩士の娘である咲枝、そして何より行正の身代わりである双子の姉である雪姫たちがいたが、幸か不幸か、懐妊したのは正室の千代と女中のさとの二人だけであった。

そのうちの一人、まして正室が早くも無事に健康な男子を出産したのだから、これは藩を上げての大慶事である。

藩士たちの歓びは大きかったが、やがて悲しい報せも伝えなければならない。

藩主、行正の死である。今、行正は病気療養中と藩士たちには伝えてある。そして誰もが、この慶事に藩主の回復も早いだろうと思っているが、そうはいかない。何しろ行正は、すでに二年前に身罷《みまか》っているからだ。

それを長く、行正の双子の姉である雪姫が、月代を剃り男姿に身をやつして藩士たちを欺《あざむ》いてきたのである。そして迎えた正室、千代を孕ませたのは、身代わりの身代わりである平左だ。

むろん欺いたといえば聞こえは悪いが、これ全て藩の存続のためであった。

家老である平左の父親、そして老女の藤乃、そして平左の三人。これだけが藩の重大な秘密を知っているのである。

千代の産んだ男の子が、この後も順調に育つと思われる頃、その子を跡継ぎとして幕府に届け出、雪姫は行正のふりをやめて女に戻り、大々的に行正の死を発表して葬儀を行なうのである。

この大からくりの終わる日も間近かった。

さとも自宅療養を止め、出産に備えて屋敷内に滞在していた。実家で産みたいかもしれないが、何しろ商家だから、藩主の血縁を産むという名誉のため、万一の場合はどのような策略が巡らされるかも分からない。そのため、藩のお抱え典医の許で出産するのが決まりなのであった。

平左は、久しぶりに藩主行正のふりをして、千代の寝所を見舞った。久しぶりというのは、藩士たちには病気療養と伝えているため、そう大っぴらに歩き回ることが出来ず、平左はひたすら家老の次男坊である自分に戻って日々を過ごしていたからである。

だから淫気も満々だった。

「千代、加減はどうだ」

平左が藩主に扮して正室を訪ねると、千代は驚いて身を起こした。

赤ん坊は乳母が預かっているので、寝所にいるのは千代一人だ。

「殿……、お加減はいかがでございますか……」

千代も、彼が伏せっているという話を伝え聞き、目を丸くして言った。

「ああ、今日はことのほか気分が良いのでな、そなたを見舞いに来た」

「勿体のうございます……」

大仕事を終えたばかりの千代は、目を潤ませて言った。

平左も目頭が熱くなった。子を産んだばかりだというのに、間もなく、行正の死を聞かされることになるのだ。

千代だけではない。千代の侍女である文、幸せいっぱいで出産の日を待ちわびているさとも、そしてすっかり快感に目覚めた咲枝も、みな一様に悲しみのどん底に叩き込まれるだろう。

それを思うと胸が痛むが、いつまでも雪姫や平左が主君のふりをしているわけにもいかない。何しろ二年前に死んだ本当の行正の葬儀すら、まだしていないのである。今のままでは浮かばれないだろう。

とにかく、行正の死を正式に発表し、ほっとするのは藤乃と家老、喜ぶのは女に戻れる雪姫だけである。

「赤ん坊は先ほど見た。元気そうだな。きっと立派に育つことだろう」

平左は言った。自分の子という感慨がないでもないが、すでに自分の子であって自分の子ではない。あれはもう稲川藩のものなのだ。

「はい……」

「早く元に戻り、またそなたを抱きたい。さすれば、また次の子が生まれるだろう」

平左は言い、そっと千代を抱き締めた。彼女も、久々に会う夫に縋《すが》り付き、甘ったるい匂いを揺らめかせた。

これは、乳の匂いだ。

平左は彼女の胸元を開き、すっかり大きくなった乳房に顔を寄せた。乳輪は広がり乳首も濃く色づいていた。そして乳首の頂点に、ぽつんと白い雫が滲みはじめている。

彼は乳首を含み、そっと吸った。

「ああ……、殿……」

千代が、慈母のように彼を胸に抱きすくめて言った。

唇で挟んで吸ったが、なかなか乳が滲んでこない。様々に試すうち、ようやく乳首の芯を締め付けるようにすると、生ぬるい母乳が口の中を濡らしてきた。

いったん要領が分かると、あとは楽に吸い出すことが出来た。乳汁はうっすらと甘く、女の匂いが満ちていた。

平左は、豊かで柔らかな乳房に顔を埋めながら、しばし新鮮な母乳を味わった。

鼻腔も胸も甘ったるい匂いでいっぱいになり、安らぎと同時に彼の一物ははち切れそうに勃起してきた。

だが、まだ情交は無理であろう。出産直後の陰戸がどのようになっているのか見たい気がするが、見れば舐めたくなり、さらに入れたくなってしまうだろう。それに股を開けば千代もその気になり、産後の身体に悪いかもしれない。

やはり、ここは典医の許可が出るまで控えるべきだった。

だが、許可が下りる頃には、行正の死を伝えなければならぬ時期だろう。平左が、主君のふりでなく家老の次男坊に戻れば、そうそうは千代と会えないし、あるいは家老である父、新兵衛に会見すら禁止されるかもしれない。

それは、さとや文、咲枝とも同じであり、間もなく平左は誰とも会えなくなってしまうだろう。

誰憚《だれはばか》ることなく会えるのは藤乃と、夫婦になろうと言ってくれている雪姫だけだ。

まあ、それで充分なのだが、やはり千代やさと、文、咲枝の悲しみを思うと居たたまれなかった。

「さあ、では余は部屋に戻る。身体に気をつけよ」

「殿も、どうかご無理をなさいませぬように」

平左が言うと、千代も胸元を直し、深々と辞儀をして言った。

やがて平左は、その足で今度はさとの部屋を見舞った。今日は久々ということで、藤乃の許可も貰っているから、人払いもされていた。

「まあ、これはお殿様……」

「ああ、よい。横になったままで」

平左は気軽にさとの枕元に座り、慌てて起きようとするさとを制した。

確かに、ここ数日で産まれてもおかしくないほど、さとの腹は丸く迫り出していた。

「どうだ。加減は。大事ないか」

「はい。お優しいお言葉、嬉しゅう存じます。お殿様も、お身体のほうは」

「ああ、何とか大丈夫だ。そなたの顔を見たら、なおさら元気になったぞ」

平左は言い、そっと唇を重ねてしまった。懐かしい、甘酸っぱい息の匂いを嗅ぎ、温かく濡れた舌を舐め回した。

「あ……」

「いかがいたした」

「今、赤ちゃんがおなかを蹴りました」

「あはは、そうか」

「きっと男の子です。こんなに元気なのですから」

さとは言い、幸福そうに平左を見上げた。先に、正室に男子が産まれたことも知っているだろうに、さとに大それた野望などはなく、今はただ早くも母親の顔つきになって、無事な出産を祈るばかりのようだった。

「お殿様。お願いがございます」

「なんだ」

「もしお身体にお障りでなければ、精汁を飲ませてくださいませ。殿方の気を頂くと、本当に男の子が産まれるような気がいたします」

言われて、平左は激しく興奮した。さっき千代の乳を飲み、すっかり勃起したままだったのだ。飲ませてもらったあとで、飲ませる、というのも良いかもしれない。

「ああ、構わぬ。だが久しく出しておらぬゆえ、量も多くて濃いと思うが」

「はい。それを頂戴したいと思います」

さとが言うと、平左もその気になって裾をめくり、下帯を解いて勃起した一物を引っ張り出した。

そしてぺたりと座り込み、後ろに両手を突いて股間を突き出すと、さとも腹を庇《かば》いながら身を乗り出し、顔を向けて先端にしゃぶりついてきた。

「ああ……」

久々の快感に、平左は思わず喘いだ。ここしばらくの間は、今まで抱いた女たちを思って手すさびばかりしていたのである。

さとも、久しぶりに亀頭を舐め、喉の奥まで呑み込み、まるで赤ん坊のために栄養を補給するかのように強く吸い付きはじめた。

熱い息が股間に籠もり、一物は温かな唾液にどっぷりと浸り、舌の刺激を受けて激しく高まった。さらにさとが顔を前後させ、すぽすぽと濡れた口で摩擦すると、急激に絶頂が迫ってきた。

「アア……、出る……」

平左は口走り、たちまち昇り詰めてしまった。快感の津波が押し寄せ、彼は巻き込まれながらありったけの熱い精汁をほとばしらせた。

「ンン……」

さとは小さく鼻を鳴らし、上気した頬をすぼめながら、最後の一滴まで吸い出してくれた。そして平左は出し切り、さとが喉を鳴らして飲み込む音を聞きながら、うっとりと力を抜き、余韻に浸っていった。

二

――行正の死が藩士たちに知らされ、稲川藩では葬儀が行なわれていた。

さとも男の子を出産し、二人目の男子のお七夜《しちや》が終わって間もなくのことであった。

藩士たちの嘆きは、いかばかりであったろう。一人の家臣として参列していた平左も、まるで本当に藩主を失ったような悲しみを覚えた。同時に、女たちの嘆きも伝わって胸が痛んだ。

千代は伏せってしまったし、さとも咲枝も悲嘆に暮れていた。文だけが、健気《けなげ》に千代の介護をしているようだ。

慶事のあとなので、行正が密葬にせよとの遺言を残したことにし、菩提寺へは関係者のみが出向いた。元より遺体も何もないのであるが、これで初めて、二年前に夭折《ようせつ》した本当の行正の菩提が弔《とむら》われたのである。

跡継ぎが生まれた歓びのあと、藩主を失うという悲しみを越え、やがて家老の新兵衛が正式に幕府に届け出を行ない、千代の一子、小太郎《こたろう》と名付けられた男子が新たな藩主となった。

全ては滞《とどこお》りなく行なわれ、あとは千代たちが立ち直れば良いだけだった。

やがて平左も一個人に戻り、ようやく藩邸も落ち着きを取り戻した。

そんなある日、ようやく平左は雪姫の部屋に招かれ、その前に藤乃と会った。

「もう、心おきなく姫様の言いなりになってよろしゅうございますね」

平左は、藤乃に許可を得た。すでに二度ほど、姫とは交接してしまっていたが、藤乃は知らぬことである。雪姫が孕まなかったのは幸運であったが、今後はもう何も気にすることはないのだった。

「構いませぬ。長い間お疲れ様でした。これで我が藩の行く末も安泰なれば、あとは姫様のお心のままに」

藤乃も大事業を終えて、すこぶる上機嫌であった。

平左は雪姫の寝所に行き、もう藤乃の監視もなく心おきなく再会を果たした。

「姫様、お久しゅうございます」

「平左、会いたかった」

面を上げると、そこに男装ではない、黒髪を垂らした寝巻き姿の姫君がいた。

まだ髪を結うほど長くないので肩に垂らし、今まで剃っていた月代部分もだいぶ伸びておかっぱ頭のような可憐な形に整っていた。そして今まで出来なかった白粉をうっすらと塗り、形良い唇も赤々と紅が塗られて光沢を放っていた。

平左は、あらためて姫の美貌に目を見張っていた。

「長の勤め、ご苦労であった」

「ははッ」

「もう、何者も我らを邪魔するものはいない。さあ」

雪姫は言い、すでに敷かれている布団を指した。

平左もすっかり淫気を高め、姫とともに着物を脱ぎはじめた。今まで何度も肌を重ね、気心の知れた仲だ。もう言葉は要らない。

しかし今までの雪姫は月代を剃り髷を結った男の顔だった。その倒錯的な興奮もあったが、いま初めて長く髪を伸ばして女の顔になった姫を前に、平左は初対面のようなときめきと畏れ多さを抱いた。

やがて互いに一糸まとわぬ姿になり、床に添い寝した。

「今まで以上に、うんと恥ずかしいこともしてみたい。お前の好きなように」

雪姫が耳朶《じだ》まで染めて囁くと、平左も唇を重ねていった。

お化粧の香りに混じり、姫の甘い吐息の匂いが懐かしく鼻腔をくすぐった。

舌を差し入れると、彼にしがみつきながら姫もすぐに前歯を開いて舌をからみつかせてきた。

うっすらと甘く濡れた、滑らかな舌の感触が彼の興奮をそそった。

平左は充分に、雪姫の唾液と吐息を味わってから口を離し、白い首筋を舐め下りて豊かな胸の膨らみに顔を押しつけていった。

「ああッ……！」

乳首を吸われ、姫が熱く喘いだ。

平左はこりこりと軽く歯を当て、もう片方の乳首も念入りに舌で転がした。雪姫の悦ぶ愛撫はすっかり身に付いている。

さらに腋に顔を埋め、懐かしい体臭を嗅ぎながら舌で楚々とした腋毛をくすぐり、そのまま脇腹から腰まで舐め下りていった。

もちろん股間へ行く前に、まずは足の先まで舐めないと気が済まない。また雪姫も、肝心な部分へ来るまでの焦らされる感覚が嫌いではないのだ。

しかし雪姫もさすがに身を清めていたようで、指の股もさして匂いはなく、少々物足りないぐらいだった。

それでもしゃぶりつくと雪姫は激しく身をよじり、くすぐったい感覚に喘ぎ続けた。

平左は滑らかな脚を舐め上げ、いよいよ股間に顔を迫らせた。黒々とした茂みに鼻を埋めて嗅ぐと、湯上がりの匂いの中にほんのり姫の体臭が感じられ、彼は大量に蜜汁を溢れさせたワレメに舌を這わせていった。

「アア……、き、気持ちいい……、平左、そこ、もっと……」

舌先がオサネを舐め上げると、雪姫がむっちりと白い内腿で彼の顔を挟み付け、さらなる愛撫をせがんできた。

平左はねっとりとした蜜汁をすすりながら、舌先をオサネに集中させた。念入りに舐め回し、上唇で包皮を剥いて吸い、軽く歯まで当てて愛撫した。

さらに両脚を浮かせて肛門も舐め、前も後ろも存分に味わった。

「へ、平左、私にも……」

姫が言うので、彼はオサネに口を押し当てたまま身を反転させ、彼女の顔に股間を突きつけていった。姫はすぐにも彼の腰を抱え込み、やがて二人は互いの内腿を枕に、最も感じる部分を舐め合った。

「ンンッ……！」

雪姫は鼻を鳴らして一物を頬張り、熱い息で彼のふぐりをくすぐりながら吸い付いた。

平左がオサネを舐めると、姫もびくりと反応して亀頭を強く吸い、肉棒全体を温かな唾液にまみれさせた。

さらに彼女はふぐりをしゃぶり、顔を乗り出して肛門まで舐めてくれた。

そして二人は最大に高まり、どちらからともなく口を離した。平左は身を起こし、雪姫の股間に身を進めていった。

唾液に濡れた亀頭を、すっかり蜜汁が大洪水になっている陰戸に押し当て、ゆっくりと挿入した。熱く濡れた柔肉が一物を受け入れ、何とも心地よい柔襞の摩擦を伝えながら、二人は一つになっていった。

「アアッ……！　いい……」

雪姫が、うっとりと目を閉じて言った。平左も根元まで押し込み、身を重ねていった。

姫が下から激しくしがみつき、待ちきれないようにズンズンと股間を突き上げた。まだ三度目だというのに、もうすっかり挿入快感に目覚めていた。

平左も腰を突き動かし、その名の通り色白の肌をした姫に身を預け、甘い匂いを嗅ぎながら高まっていった。

「ああ……、い、いく……、平左……、身体が、溶けてしまう……、アアーッ……！」

先に、雪姫の方が気を遣り、がくがくと狂おしく股間を跳ね上げながら喘いだ。

膣内がきゅっきゅっと艶めかしく収縮し、それを感じると同時に平左も昇り詰めてしまった。激しい快感の嵐に巻き込まれ、

「く……！」

平左は呻きながら、熱い大量の精汁を勢いよくほとばしらせた。

「あうう……！」

奥を直撃され、噴出を感じ取った姫は、駄目押しの快感を得たように呻いた。

彼は心おきなく最後の一滴まで絞り尽くし、ようやく動きを止めて力を抜いていった。

雪姫も、徐々に硬直を解いてぐったりとなり、満足げに身を投げ出した。

平左は、形良い唇に鼻を押し当て、熱く湿り気のある、何とも甘い匂いの息を胸いっぱいに嗅ぎながら、うっとりと快感の余韻を味わった。

さすがに、いつまでも乗っているわけにいかないので、やがて股間を引き離して添い寝した。

雪姫は、彼に腕枕をし、胸に抱きすくめながら荒い呼吸を繰り返した。

「近々、新兵衛に私たちの婚儀のことを話そうと思う……」

姫が言う。

「本当に、よろしいのですか……」

「むろん、お前以外には誰も考えていない」

言われて、平左もその気になって喜びに浸った。藩士たちも、家老の息子なら否やはないだろう。

今のところ雪姫は、藩邸の外にある屋敷住まいということになっている。行正そっくりな姫が男装でいたため、雪姫そのものが家臣たちから忘れられるよう取り計らっていた部分があった。とにかく武家というのはいちいち面倒なのだが、そうした立場にある雪姫を上屋敷に呼び寄せたことにし、あらためて平左の妻に迎えるのだ。

「今日、曽根咲枝というものと薙刀をした」

「そうですか……」

雪姫も、もう男装ではないので、剣術ではなく薙刀を再開したようだ。もともと身体を動かすのが好きな、活発な姫なのだ。

「咲枝を、お前が何度となく抱いていたことも知っている。あの娘も、殿の死に意気消沈していたが、ようやく薙刀をするぐらい元気になったようだ」

「それは、良うございました」

平左は答え、また多くの女たちに会いたいものだと思った。まあ、そんなことを姫の胸に抱かれて考えるのも不遜であるが、まぐわい番の役目が終わっても、彼の旺盛な淫気はとどまるところを知らなかった。

三

「あの、もし……、あなた様は……」

藩内の庭で、平左はいきなり声をかけられた。父である家老の新兵衛と今後の話をし、庭を横切って自分の住居に戻るところだった。父親とはいえ家老なので、彼は裃《かみしも》を着けていた。

「はあ……。私は、吉野新兵衛の子で平左と申しますが……」

振り返ると、何と千代の侍女、文であった。平左はうろたえながらも答えた。

「私は、ご正室様お付きの侍女で、文と申します。もし、お急ぎでなければ、少しお話を聞いていただきたいのですが」

「そ、そうですか……。では私の部屋へ」

平左は、思い詰めたような文の表情に、ごまかす算段も浮かべられぬまま自分の住居へと文を招いた。そこなら他のものは来ないし、文の部屋は奥向きにあるので藤乃に見つかる恐れがある。

上屋敷の外塀に沿って建てられた侍長屋の一角、そこに四畳半と六畳の部屋がある。庭と厠と湯殿は共用だった。

「どうぞ、こちらへ」

平左は、文を奥の六畳間に通した。枕屏風の陰には布団が積まれ、あとは文机と数冊の書物だけという殺風景な部屋である。

「お邪魔いたします。実は、前から何度かお庭でお見かけし、どうにも気になることがあり、とうとう今日お声を掛けてしまいました」

文が、控えめな口調で言いながらも、ちらちらと彼の表情を見上げていた。

彼女は千代の侍女になる前、旗本の中でも特異な役職、くながい番を勤めていた。すなわち男女のことに関する専門家である。

そんな彼女の目をごまかすことが出来るかどうか、平左には自信がなかった。そして同時に、何度となく肌を合わせた文と久々に会い、懐かしさとともに、今は初対面の他人として会うことに、言いようのないときめきを覚えていた。

「して、気になることとは？」

「平左様、と仰いましたか。ひょっとして、お殿様のお血筋でしょうか」

「いや、代々の家老職なれど、血縁はありません」

「左様でございますか」

「なにか……」

「あの、ご無礼は承知でお願いがございます。ここで、私と情交して頂くわけに参りませんでしょうか」

文の、あまりに大胆な要求に平左は目を丸くした。

「そ、それは……」

「拝見すれば女気はないようで、あるいは淫気も溜まっていらっしゃるのではないかと存じます。どうしても私がお好みでなければ諦めますが、どうか」

「な、何のために……」

「私の存じ寄りの方と、良く似ていらっしゃいます。それを確かめたく思いました。もし私の見当違いなら、お手討ちになっても構いません」

文は、千代の侍女である。勝手に死ぬわけにいかない立場だが、そこまで言うからには自信と確信あってのことだろう。

「う－ん……」

「ご躊躇《ちゅうちょ》もっともです。いきなりこのような申し立ては、ご警戒なさいますでしょう。でも本気です。どうか、ご存分に」

文は言って立ち上がり、くるくると帯を解きはじめてしまった。そして勝手に枕屏風の陰から布団を引っ張り出して敷き延べ、みるみる着物と足袋、腰巻きまで取り去り、薄物の襦袢を羽織っただけで横になってしまった。

もうここまでくれば、平左の方も後戻りできないほど興奮してきてしまった。

彼も、ふらふらと脇差しを鞘ぐるみ抜いて置き、袴と着物を脱ぐと、下帯一枚で横になった。すると文が半身を起こし、彼の下帯を取り去った。すでに一物はぴんぴんに張りつめて勃起している。

「ああ……、やはり……」

文は、近々と一物を見つめ、両手で押し包みながら言った。

やはり彼女は、一物を見れば本人か別人か分かってしまうようだった。

すぐに文は手を離し、全裸のままその場に端座し、深々と頭を下げた。

「ご無礼お許しくださいませ。しかしお殿様、なぜ、お亡くなりになったふりを……」

文は言って顔を伏せたまま、ぽたぽたと涙をこぼした。

「いいえ、藩の取り決めでしょうから詮索など致しません。ただ私は、千代様があまりに不憫で……、お乳も出なくなるほどおやつれに……」

文が涙ながらに言ったが、平左はただ彼女の手を引き、添い寝させただけだった。

「殿……」

「いや、私は違うのだ。殿などではない。吉野平左だ。長く殿の御相手を務め、昔から良く似ていると言われていただけで……」

平左は、とても本当のことは言えなかった。歴代の藩士の娘ならともかく、文は将軍家直参の娘の待女である。下手なことを言い、そのため文を殺《あや》めろなどと父親から命令されても困るのだ。

「わかりました……。それなら、それで構いません……。ただ、千代様にお会いして頂けないでしょうか……」

「それは、私の一存ではどうにもならない。藤乃様に相談してからになるな。後刻、訊いてみるからしばらく待ってほしい……」

「はい。承知しました」

それで話は終え、平左は文の唇を求めた。どうせ互いに全裸なのだ。とにかく最後までしなければ落ち着かなかった。

甘酸っぱい息を嗅ぎ、温かく濡れた舌を舐めながら、平左は激しく高まっていった。

さらに文の涙を舐め、鼻の穴をすすった。うっすらと鼻水が感じられ、その淡い味わいと粘り気はまるで淫水にそっくりだった。

やがて彼は仰向けになり、文を上にした。

「足を、顔に……」

「そ、そのようなことは、できません……」

「私は一藩士に過ぎない。ご正室の侍女であるそなたの方が格上なれば、どうか」

平左は激しく興奮しながら言い、ためらう文の足首を摑んで引き寄せると、

「ああ……」

彼女は後ろに両手を突き、足を浮かせてきた。

汗ばんだ足裏を顔に当てると、ひんやりした心地よさがあった。指の股に鼻を埋めると何とも悩ましい汗と脂の匂いが鼻腔を刺激してきた。

平左に声をかけたときから、激しく緊張して汗ばんでいたのだろう。

彼は足裏を舐め爪先をしゃぶり、もう片方も存分に賞味した。そして彼女の腰を抱き寄せ、とうとう厠の格好で顔を跨がせてしまった。

「アアッ……、い、いけません……」

文が喘ぎながら言ったが、平左は下からしっかりと股間を抱え込み、かぐわしい熱気を籠もらせる茂みに鼻を埋め込んだ。そして舌を割れ目内部に這わせると、すぐにもトロトロと熱い蜜汁が溢れ、舌を伝って口に流れ込んできた。

平左は汗と残尿のかぐわしい匂いに酔いしれながら淫水を飲み、突き立ったオサネを舐め回した。さらに尻の真下に潜り込んで秘めやかな匂いの籠もる桃色の蕾も舐め回し、文の前と後ろを存分に味わった。

やがて気が済んで両手を離すと、すっかり淫気の高まった文も、自分から移動して彼の一物にしゃぶりついてきた。

熱い息が下腹をくすぐり、たっぷりと唾液を出しながらふぐりから肛門まで舐めてくれ、もう一度肉棒を含むと激しく舌をからめた。そして彼が充分に高まったことを察すると、すぽんと口を離し、伺いを立てるように彼を見た。

「上から入れてほしい……」

言うと、文はためらいながら平左の股間を跨ぎ、あとは一気に肉棒を陰戸に受け入れながら座り込んできた。

「ああ……、気持ちいい……」

完全に股間を密着させ、文が顔を上向けて喘いだ。

平左も、挿入時の滑らかな摩擦と内部の締まり、温もりと潤いに激しく高まった。

両手で彼女の身体を抱き寄せ、屈み込んで乳首を吸った。執拗に舌で転がし、もう片方も吸い、もちろん汗ばんだ腋にも顔を埋めて若々しい体臭を味わった。

下から股間を突き上げると、文もそれに合わせて腰を使いはじめた。互いの接点からくちゅくちゅと卑猥に湿った音が響き、二人は次第に動きが止まらなくなってきた。

「唾を……」

言うと文は顔を寄せ、そっと口に垂らしてくれた。こうした性癖を露わにするごとに、ますます文は平左と行正が同一人物という確信を深めるのだろう。

「顔にも、思い切り……」

さらにせがむと、文は少しためらいながらも、高まる興奮の勢いに任せ、ぺっと吐きかけてくれた。甘酸っぱい息の匂いとともに、生温かな粘液が鼻筋を濡らし、とうとう平左は激しい絶頂の快感に全身を貫かれていった。

「く……!」

身をよじって呻き、ありったけの精汁を噴出させると、

「アア……、い、いく……!」

同時に文も口走り、膣内を悩ましく収縮させながら気を遣った。

平左は最高の気分で、最後の一滴まで出し尽くし、やがて動きを止めて力を抜いていった。そして文のかぐわしい息を間近に感じながら余韻に浸ると、彼女も遠慮なく体重を預け、ぐったりしながら荒い呼吸を繰り返した。

四

「ご正室様は、非常に癇《かん》が高ぶっておられます。打擲《ちょうちゃく》されるかもしれませぬが、耐えてくださいませね。もっとも、叩くほど元気になられれば、それはそれで良いこと」

藤乃が許可を下して言い、平左は千代の寝所に入っていった。そこには、文も同席して

いた。

「お召しにより参上つかまつりました。吉野平左にございます」

平左は、恭《うやうや》しく平伏して言った。

「なるほど、よう似ている。近う」

千代が言い、恐る恐る面を上げた平左の顔に目を凝らした。

すでに、行正そっくりなものが来ると文から聞いていたのだろう。まさに千代は、かつての彼を見る熱い視線とは違い、家臣の一人を見る眼差しになっており、それが平左にはぞくぞくするような興奮となった。

この唇も胸も陰戸も熟知しているのに、いまは自分から勝手に触れられない高みにいる亡き殿の奥方なのである。

「平左、脱いで見せよ」

「は……」

言われて、平左は帯を解き、着物を脱ぎ去った。文は、経緯は知らぬまでも、かつての行正と平左が同一人物と確信しているので、高飛車な千代の態度に少なからず動揺しているようだった。

「それも取って、ここに寝よ」

最後の一枚を取るよう命じられ、平左は下帯を解き放って全裸になり、床に仰向けになった。幸い、一物は緊張に萎え気味である。最初から雄々しく勃起しているのも、正室に淫気を催しているようで懸念していたのだ。

千代は、文を従えて近づき、二人で挟むように見下ろしてきた。

「何と、憎らしいほど似ている。殿が身罷《みまか》り、そなたが生きているとは……」

千代が呟いた。幼い頃からの主君のお相手なら、身代わりに死ねば良かったのにと言いたいのだろう。

やがて淫気に耐えられなくなったか、千代が寝巻きを脱ぎ去った。確かに、だいぶやつれていて平左は胸が痛んだ。

文も命じられて一糸まとわぬ姿になり、彼の左右から二人は添い寝してきた。

千代が、上から唇を重ねてきた。懐かしい甘い匂いが濃く感じられ、舌が潜り込んだ。

平左は、自分からあまり動かさぬようにし、舌を触れ合わせた。

「味も匂いも、そっくり……、殿……」

千代が次第に息を荒くして言い、彼の肌を撫で回しはじめた。

文は反対側で、言葉があるまでじっとしている。

千代は間近で舐め回すように平左の顔を見つめ、本当に舌を這わせてきた。鼻の頭を舐め、頰から瞼までたどりながら、反対側の文の顔も抱き寄せた。

文も素直に顔を迫らせ、一緒になって舌をからめた。

唇が同時に密着すると、それぞれの舌が争うように平左の口の中に潜り込んだ。混じり合った甘酸っぱい息と、とろりとした唾液を存分に味わうことが出来、平左は激しく勃起してきた。

さらに二人の舌が同時に彼の鼻の穴を舐め、耳朶を嚙んだ。

「ああ……、吸って……」

千代は感極まり、豊かな乳房を彼の顔に押しつけてきた。文も同じようにするので、柔らかな膨らみが彼の顔中を撫で回し、混じり合った体臭が甘ったるく鼻腔を刺激した。

乳首を吸うと、また生ぬるい乳汁が滲んできた。

「ああ、お乳が……」

文が感激して言い、平左を会わせて良かったと思ったようだった。

平左は二人の乳首を交互に吸い、もちろん千代の方を多めに愛撫した。

「いつの間に、こんなに……」

千代が彼の股間を探り、強ばりを確認して言った。

「無理もありません。二人がかりなのですから」

文が、平左を庇《かば》うように言うと、千代は身を起こし、一物に屈み込んできた。殿のふりをしていた頃の平左に仕込まれた淫気により、千代は家臣の肉棒を舐めることも厭《いと》わず、すぐにも亀頭に舌を這わせてきた。

「ああ……、千代様……」

平左は激しく身悶えながら喘いだ。文も顔を寄せて舌を這わせ、二人は同時に亀頭と幹を舐め、ふぐりにもしゃぶりついた。睾丸を一つずつ吸い、唾液にまみれさせてから千代が亀頭を含んできた。

平左は、温かく濡れた口の中で舌に翻弄され、強く吸われて高まった。

「文、男のものはみな同じ形なのか。もっと、様々に違うと思うていたが」

「はい。顔立ちが似ていると、ものも似ると言われております」

「左様か。ならば、入れられる気持ちも同じであろう……」

千代は言い、彼の股間から離れて横たわった。入れ代わりに平左が身を起こすと、千代はためらいなく股を開いた。

「さあ、入れる前にお口にて……」

文が、千代の気持ちを代わりに囁いた。

平左は腹這い、千代の股間に顔を進めていった。

もう二度と、拝めないと思っていた正室の陰戸である。そして小太郎の出産後に見るのは初めてだった。

黒々と艶のある茂みに桃色の花弁、見た目には子を産んだかどうか分からないが、息んだときの名残か、下の方に見えている肛門は枇杷《びわ》の先のように蕾を盛り上げ、何とも艶めかしい形状をしていた。

「ご無礼いたします」

平左は言い、茂みに鼻を埋めて嗅ぎながら、割れ目内部に舌を這わせはじめた。

湯上がりの匂いに、懐かしく甘い汗の匂いが鼻腔に満ちた。陰唇の内側はたっぷりと淫水が溢れ、とろりとした舌触りと淡い酸味を伝えてきた。

平左が味わいながらオサネまで舐め上げると、

「アアッ……！」

千代が激しく声を上げ、内腿で彼の顔を締め付けながらひくひくと下腹を波打たせた。

何しろ、同じ男が舐めているのだから、微妙な舌の癖も千代の肌に合うのだろう。

さらに蜜汁が大量に溢れ、平左は執拗にオサネを舐めた。そして脚を浮かせると、文が介添えし、彼は可憐な肛門を舐めた。

「あうう……、そこ、もっと……」

千代は遠慮なく蕾を収縮させて言い、潜り込ませた彼の舌を確認するようにキュッキュッと締め付けてきた。

そして充分に粘膜を味わってから舌を抜き、再び淫水をすすり、オサネまで舌を戻していくと、

「い、入れて……」

千代が腰をよじって口走った。

平左は身を起こし、すっかり高まっている一物を千代の陰戸にあてがっていった。

ゆっくりと貫き、柔襞の摩擦を味わいながら根元まで挿入していった。熱いほどの温もりが一物を包み、出産したとは思えないほどの締まりが彼自身を捉えた。

身を重ねていくと、千代が下からしがみつき、股間を突き上げはじめた。平左も腰を動かしはじめ、あまり体重をかけぬよう気をつけながら高まっていった。

すると文も添い寝し、さすがにくながい番らしく千代の耳を舐め、肌のあちこちを指で愛撫しながら快感を高めた。

そのため、顔を寄せている平左の鼻腔を、また二人のかぐわしい息が混じって刺激してきて、彼は急激に絶頂を迫らせた。

「平左……、千代と呼んで……」

「しかし……」

「さあ早く！」

「千代……」

「アアッ！　殿、いく……！」

千代が激しく気を遣り、がくんがくんと狂おしく股間を跳ね上げた。同時に膣内の締め付けが増し、続いて平左も快感の渦に巻き込まれていってしまった。

「あうう……」

絶頂に呻きながら、平左は勢いよく精汁を放った。

そのときばかりは遠慮なく股間をぶつけるように律動し、平左は快感の中で最後の一滴まで放出した。

「ああ……、殿……」

千代は涙を滲ませて肌を痙攣させ、やがてぐったりと身を投げ出していった。

平左も徐々に動きをゆるめ、やがて深々と貫いたまま股間を押しつけ、力を抜いていった。乗っているのは悪いと思っても、千代はしがみつく力を緩めなかった。

激情が過ぎ去っても、膣内は貪欲に収縮を繰り返し、満足げに萎えかけた肉棒を締め付け続けていた。

「もうよい。離れて……」

やがて呼吸を整えながら千代が言うと、平左は慌てて身を起こし、股間を引き離した。

すかさず文が彼に懐紙を渡し、自分は千代の股間を拭き清めた。

彼は自分で一物を拭いながら、結局、叩かれるようなことがなくて良かったと思った。

「平左……、また来て。そのときは、もっと殿のような言葉遣いにしてほしい……」

千代が涙を拭きながら言う。

いつまでも、亡き者を引きずるのは良くないが、もともと平左は身代わりなのだ。

「承知いたしました……」

平左は答え、手早く寝巻きを羽織ってから平伏し、やがて千代の寝所を去っていった。

五

「平左。そなたもやってみますか」

雪姫に呼ばれ、中庭に出た平左は彼女に言われた。姫は薙刀の稽古中で、相手は咲枝だった。

「まあ……！」

咲枝は、彼の顔を見て思わず呟き、小首をかしげた。やはり、行正と似ているので驚いているのだろう。

「い、いいえ、私は遠慮申し上げます」

平左は固辞し、風に乗って漂う二人の乙女の匂いに股間を疼《うず》かせた。二人とも、首筋から鉢巻きまで汗でびっしょりに濡れるほど稽古していたようだ。

「雪姫様。こちらは……」

「ああ、私の許婚《いいなずけ》です。新兵衛の息子で平左といいます」

「こ、これは……、曽根咲枝でございます」

咲枝は木でできた薙刀を置き、庭に平伏して言った。

「亡き殿に良く似てるでしょう」

雪姫が悪戯っぽく言うと、咲枝はもう一度恐る恐る平左の顔を見上げた。

「本当に……」

「さあ、今日の稽古は終わりです。一緒に湯殿へ。平左もいらっしゃい」

「え……？」

雪姫の言葉に、平左と咲枝は思わず言って顔を見合わせた。姫は構わず、ずんずんと湯殿の方へと向かっている。二人は仕方なく従っていった。

今は藤乃も、大概のことには目をつぶってくれているので、三人は難なく湯殿に入り、先に雪姫が全裸になってしまった。

白い肌に汗の粒が滲み、たちまち甘ったるい匂いが解放された。

「さあ、そなたたちも」

言われて、拒むわけにもいかない咲枝が脱ぎはじめ、平左も淫気を催しながら全裸になった。雪姫のことだ。何か淫らなことでも思いつき、三人でしようというのだろう。

ここのところ、千代と文といい、二人がかりが多くなり、平左は嬉しかった。まぐわい番を退いてからも、こうして女運が跡絶えぬのは実に良いことである。

「さあ、平左、何が一番してみたい?」

雪姫が言い、すでに屹立している彼の一物を満足げに見た。

「洗う前に、お二人の匂いを」

「そうでしょう。そう言うと思いました。女の匂いがあれば、そなたはいつでも元気になる。では一緒に」

姫は言い、胸を隠して尻込みしている咲枝を抱き寄せ、一緒になって平左の顔に乳房を押しつけてきた。

「ああッ……、姫様、このような……」

咲枝は、激しい戸惑いと羞恥に声を震わせ、身を硬くした。

男の前で裸になるどころか、同性の前でさえ全裸になどなったことのない咲枝だ。行正との行為は彼女の人生の例外であり、それに雪姫が許婚とはいえ、すでに平左と情交しているような口ぶりであるのすら、咲枝には信じ難いことのようだった。

とにかく平左は、二人の胸が顔中に押しつけられ、混じり合った体臭に噎《む》せ返りながら興奮していた。前の、千代と文は湯上がりだったから匂いは淡かったが、今回は薙刀の稽古の直後である。その甘ったるい汗の匂いは、これ以上ないほど濃厚に彼の鼻腔を掻き回してきた。

平左は、二人の乳首をそれぞれ交互に吸い付き、汗の粒の浮かぶ胸元や腋から漂う匂いに、うっとりと酔いしれた。

「あう！　ど、どうかおやめください、平左様……」

咲枝は身悶えながらも、二人がかりで押さえつけられ、どうすることもできなかった。

平左は二人の腋にも顔を埋め、濃い匂いの渦の中で舌を這わせた。

「さあ、ここも」

雪姫は咲枝と一緒に浴槽の縁に腰掛け、下に座っている平左の鼻に爪先を押し当ててきた。平左は、湿ってほのかな匂いを放つ指の股に舌を這わせた。

「さあ、咲枝もよ」

「わ、私は、そのようなことは……」

咲枝は、悪夢でも見ているように震え上がり、それでも雪姫に強要され、平左も咲枝の足首を摑んで持ち上げた。

「アアッ……！」

咲枝は声を上げ、よろけそうになるのを雪姫が支えた。

平左は、やはり同じように濃厚な匂いを籠もらせた咲枝の指の股を舐め、両足とも味と匂いが消え去るまで賞味した。

「も、もうご勘弁を……」

あまりのことに咲枝が座り込みそうになるのを、雪姫がその股間を平左の顔に押し当てた。平左も、咲枝の腰を抱えながら、ゆっくりと簀子《すのこ》に仰向けになった。

咲枝は、完全に彼の顔にしゃがみ込み、顔を覆って息を詰めた。咲枝にとって平左は、初対面と思っているが何しろ亡き主君にそっくりで、しかも敬愛する雪姫の許婚というではないか。

平左は、蒸れた汗の匂いの籠もる恥毛に鼻を埋め、何度も深呼吸しながら割れ目に舌を這わせた。柔肉とオサネを舐めているうち、たちまちヌラヌラと蜜汁が溢れてきた。

「あ……、ああ……、よ、良いのですか、このようなこと……」

咲枝は声を上ずらせ、くねくねと身悶えながら言った。

平左はオサネを吸い、さらに尻の真下に潜り込んで肛門に鼻を埋め、秘めやかな匂いを嗅ぎながら舌を這わせた。細かに震える襞の蠢きを味わってから中にも舌を潜り込ませ、ぬるっと舌滑らかな粘膜も舐め回した。

「あう！」

咲枝は呻き、とうとうしゃがみ込んでいられないように倒れ込んでいった。

すると雪姫が支え、二人で肉棒に屈み込み、熱い息を混じらせながら亀頭をしゃぶりはじめたのだ。

どうしても、信頼し合っている女たちというものは、一緒に舐めたがるものらしい。

平左はそれぞれの舌の蠢きに反応し、暴発寸前にまで高まった。

「さあ、ではお入れなさい」

「そ、そんな……、姫様のお許婚に……」

「構いません。私が良いと言っているのですから」

雪姫は咲枝の身体を支え、強引に仰向けの平左の股間に跨らせてしまった。そして姫君らしからず、幹に指を添えて咲枝の陰戸に誘導したのである。

「あぁッ……！」

座り込むと、屹立した肉棒が一気にヌルヌルッと根元まで潜り込んでいった。

完全に受け入れた咲枝は硬直し、きゅっと締め付けながら息を詰めた。

最後に交接してから数カ月、挿入快感を知ったばかりだったから、すっかり咲枝の淫気も高まっていたことだろう。

平左も、激しい快感に暴発を堪えていた。久しぶりにした咲枝との交接は何とも心地よく、しかも彼女が自分を初対面と思っているから、その新鮮な感覚が彼にも伝わってくるようだった。

平左が股間を突き上げると、咲枝もぐいぐいと腰を動かし、やがて上体を起こしていられなくなったように身を重ねてきた。

「平左。気持ちいい？　次はどうして欲しい？」

横から雪姫が囁くと、また平左は唾液を求めてしまった。当然ながら雪姫は咲枝に出すよう強要し、横から姫も一緒になって垂らしてきた。

糸を引いて滴る唾液の雫が揺れ、途中で二人分が混じり合い、大きな雫となって彼の口に落下してきた。

生ぬるくねっとりとした美酒を、平左はうっとりと飲み込みながら股間を突き上げ、とうとう激しい快感に貫かれてしまった。

「く……！」

平左が呻きながら射精すると、少し遅れて咲枝も気を遣ったようだった。

「い、いく……、アアーッ……！」

彼女が声を上げ、がくがくと痙攣すると、雪姫まで快感が伝わったように息を弾ませて二人に肌をくっつけてきた。

やがて最後の一滴まで出し切り、平左が動きを止めると、咲枝もぐったりとなった。

そして二人が呼吸を整えると、雪姫は咲枝の身体を流し、湯に浸かるよう命じた。彼女が湯船から出ると、姫は先に咲枝を湯殿から追い出した。

「どういうおつもりなのです。見ている前で咲枝と交わらせるなど……」

「悋気《りんき》を抱いてみたかった。そなたが咲枝を抱いて気を遣る、呆《ほう》けた顔を思い出しながら今宵は存分に苛《いじ》めたい」

姫の言葉に、平左も納得した。奔放なお姫君と、文武に秀でた四角四面の咲枝、その対称的な美女たちの余韻に、平左はまた股間を妖しく疼かせた。

「間もなく私たちに、新兵衛より正式な許可が出よう。とにかく、そなたが私以外の女を抱くのは今が最後。よろしいですね？」

「は、はい……」

仕方なく、平左は頷いた。いや、今までに女が多すぎたのだから、今後、姫一人だけというのは当たり前なのだ。それさえ他の藩士に比べれば恵まれすぎている。

「その代わり、好きなことをしてあげる」

「で、では、ゆばりを頂きとう存じます……」

平左は、せっかく湯殿にいるのだからと、姫君の出すものを求めた。

「良いでしょう……」

雪姫は立ち上がり、半身起こした彼の顔に股間を迫らせた。時間はかかったが、やがて姫はちょろちょろと放尿をはじめ、それが温かく平左の肌を濡らした。

(短かったが、実に恵まれた女運だった……)

彼は超美女の味と匂いに酔いしれながら、他の女たちに別れを告げるのだった。

大洋時代文庫

まぐわい指南《しなん》

平成18年12月21日　第1刷発行

著者
睦月影郎
発行者
平田 明
発行所
ミリオン出版株式会社
〒101-0065 東京都千代田区西神田3-3-9
電話 03-3514-1480(代)
発売元
株式会社大洋図書
〒101-0065 東京都千代田区西神田3-3-9
電話 03-3263-2424(代)
印刷・製本
暁印刷

ISBN4-8130-7065-5 C0193